LES NUITS

DU

BOULEVARD

PAR

PIERRE ZACCONE

TOME SECOND

PARIS

E. DENTU, ÉDITEUR

PALAIS-ROYAL, 15-17-19, GALERIE D'ORLÉANS

LES NUITS
U BOULEVARD

—

II

LIBRAIRIE E. DENTU, ÉDITEUR

DU MÊME AUTEUR

MÉMOIRES D'UN COMMISSAIRE DE POLICE
2 vol. gr. in-18 jésus. Prix : 0 fr.

LA CELLULE N° 7
1 fort vol. gr. in-18 jésus. Prix : 3 fr.

F. Aureau. — Imprimerie de Lagny.

LES NUITS

D U

BOULEVARD

PAR

PIERRE ZACCONE

TOME SECOND

PARIS

E. DENTU, LIBRAIRE-ÉDITEUR

PALAIS-ROYAL, 17 ET 19, GALERIE D'ORLÉANS

1876

LES NUITS
DU BOULEVARD

I

Quand Gontran se réveilla, le lendemain de son arrivée, le soleil faisait irruption depuis longtemps dans sa chambre.

Il était si fatigué qu'il avait dormi toute la nuit.

Il s'empressa de sonner, et un valet accourut.

— Jean, interrogea le vicomte, il n'est venu personne me demander depuis hier ?

— Personne, non, monsieur, répondit le valet.

— Alors, il n'y a rien de nouveau?

— Rien, sinon qu'on a remis chez le concierge deux lettres que je vous apporte.

— Des lettres de Paris?

— Une seulement... l'autre vient de l'étranger.

Gontran prit les lettres, et jeta un coup d'œil sur les suscriptions.

Celle de l'étranger portait le timbre de Venise. Elle était d'Herminie.

Gontran l'ouvrit vivement.

Elle ne contenait que quelques lignes :

« Mon ami,

« Je serai à Paris presque en même temps que « cette lettre. Que de choses cruelles et tristes j'ai « à vous dire : mais, si vous m'aimez encore, j'aurai « le courage de ne pas me plaindre.

« A vous ! — à toi... »

Gontran eut comme un frémissement, et, machinalement, son regard chercha la seconde lettre.

Celle-ci était de Paris, et, tout d'abord, il fit une remarque qui le frappa.

L'adresse en avait été écrite par une main évidemment inexpérimentée, qui s'était oubliée en des fantaisies d'orthographe que les femmes seules osent se permettre.

> *Mossieu le viconte GONTRAN*
> *Rû de la Chosée d'entain, 28*
> > > *PARIS*
> *(Presse)*

Que voulait dire cela ?

Gontran déchira l'enveloope et courut à la signature.

La lettre était signée : NINOCHE.

Il se prit à souriro et en commença la lecture.

Mais à peine eut-il parcouru les premières lignes que le sourire s'éteignit sur ses lèvres, pendant qu'un pli soucieux se creusait sur son front.

Il la lut ainsi jusqu'au bout !...

Et quand il l'eut finie, sa main tremblait... et une sombre expression avait envahi ses traits.

Voici ce que disait le petit débardeur :

« Mossieu Gontran,

« Je ne voulé pas vous écrir, parce que javai honte de mon écritur, mais il phot bien, puisque cet dan vot interêt et quil pourra arrivo les plus grans maleurs.

« Jé bien des chose a vous dire que jeu ne peu pas confie au papié il s'agit dune personne qui vous interesse et don jé entendu parlé depuis quelque tant. Jean né bien lon à vous dire, mais je çuis surveillé et il ne phot pas qu'on sache rien — voila ce queu jé imaginet.

« Samdi prochin nous souperon à la Maison d'Or. Vous savé Brin de Tulle. Elle va débuté aux Variétés dans un rol que lui a fait monsieur Offenbach. Ont repet samdi et apret nous iron soupé avec Sancé, Précourt et Cardinet. Vous ne savé pas que je çuis avecque lui. Je vous expliqrait ça.

C'est à côse de lui que je veut vous parle et aussi
à côse de M. Beverley.

« Mossieu Gontran,

« Croyé à ma saintcérité. Si vous savié come je
voudrai vous rende heureux, mais prené garde ilia
lé jean mechant qui conspire et qui vous fron du
mal si vous ne me croyez pas.

« Je vous atant samedi prochin à une heur, on
sera bien contant de vous voire et moi ! qui me dit
pour la vie

« Votre affectionné
« NINOCHE.

« *P. S.* — Surtou ne montré pas ma lettre, cet
entre nous et une indiscression pourré tous perde.
J'espère que ma letre arriverat a tant. »

— Qu'est-ce que cela signifie? balbutia Gontran,
dès qu'il eut achevé cette lecture.

— Samedi !... Mais c'est aujourd'hui, ajouta-t-il
peu après. — Que peut me vouloir cette pauvre enfant; à quelle machination veut-elle faire allusion?

Martial survint comme il en était là de ses réflexions.

— Eh bien ! lui dit-il, dès qu'il le vit entrer...
qu'as-tu à m'apprendre? que t'a dit le général?

Il n'osa pas ajouter : As-tu vu Réjane?

Mais le garde allait le satisfaire plus compléte-
ment qu'il ne l'espérait.

— Quant au général, répondit-il, je n'ai pas pu
l'apercevoir; il était sorti de bonne heure, et n'avait

rien confié à sa fille, mais j'ai trouvé mademoiselle Réjane, et si vous saviez avec quelle joie elle m'a accueilli !

— Vraiment! fit Gontran.

— Elle m'a accablé de questions, me demandant comment je me trouvais à Paris, ce qui s'était passé à Graçay-Chambrun après son départ, et me chargeant de vous remercier de l'intérêt que vous lui témoignez; tout cela avec des mouvements de vivacité, des explosions de rire et de larmes, que je ne me rassasiais pas de la regarder et de l'entendre.

— Pauvre enfant !

— Ah! elle aime bien son vieux Martial... et elle a raison... car moi, voyez-vous... je n'ai jamais eu d'autre affection.

— Enfin... elle ne sait rien.

— Non... rien... ou plutôt... à certains mots qui lui sont échappés, j'ai cru comprendre qu'elle avait quelque idée de la chose.

— Qu'est-ce donc ?

— Ce que je vous ai dit.

— Le fils...

— Oui... M. Henry.

— Il est à Paris?

— Il paraît...

— Mais il ne porte pas le nom du général ?..

— C'est probable...

— Et tu ne connais pas celui sous lequel il se cache ?

— Non, monsieur le vicomte, mais je crains bien que nous ne l'apprenions trop tôt.

Gontran se tut et fit quelques pas à travers la chambre.

Une pensée l'avait saisi ! Les souvenirs évoqués pendant la nuit précédente lui revenaient à la mémoire, et un désir ardent d'interroger Martial s'empara de lui.

Toutefois c'était fort délicat, peut-être dangereux. Il fallait user de beaucoup d'adresse et de ménagement.

— Ainsi, dit-il au bout de quelques secondes de silence, tu crois que le général a quitté Graçay-Chambrun parce qu'il a appris que son fils était de retour ?

— Je le crois !...

— Que fait ce malheureux ?

— Je l'ignore, mais on peut être assuré qu'il ne fait rien de bon. Le général a tout tenté pour le ramener au bien. Ç'a été inutile. Seulement, depuis cinq ans, il n'en avait plus entendu parler, et il espérait qu'il était mort !

— Eh quoi ! ce fils est à ce point indigne, que son père a pu désirer qu'il mourût !...

Martial secoua la tête avec force.

— Il y a de ces hontes-là dans les familles, répondit-il d'une voix rude, et si le général n'en est pas mort lui-même, c'est à cause de mademoiselle Réjane !

Gontran releva son regard sur Martial.

— J'étais absent de France, dit-il, au moment où eurent lieu les événements qui ont déterminé la vente du château de Graçay-Chambrun. Je me rappelle que mon père m'en entretint quelquefois, mais il me parla surtout d'une affaire antérieure, datant aujourd'hui de six années au moins, et sur laquelle planait un mystère qui n'a jamais été éclairci... Il s'agissait d'un crime... et tu t'en souviens peut-être !

Martial ne répondit pas tout de suite; un sombre nuage avait passé sur son front, et tous ses membres avaient tressailli.

— Si je me souviens ! répondit-il, pendant que ses poings se crispaient sur sa poitrine... ah ! ce sont-là des scènes que l'on n'oublierait jamais, dût-on vivre cent ans.

— Ne veux-tu pas me les raconter ?

— A vous, M. Gontran... il me semble que je dirais tout.

— D'ailleurs, nous touchons à une heure solennelle et grave, et pour n'être arrêté par aucune obscurité dans cette voie où je m'engage, j'ai besoin de tout apprendre... Et puis, tu le sais bien, mon ami, le secret que tu as à me confier mourra là, si tu le désires, et jamais, je le jure, le général ni Réjane ne devineront que tu m'en as fait la confidence.

Martial fit un geste d'acquiescement.

— Mademoiselle de Graçay ignore tout, répondit-il. A cette époque, elle n'était encore qu'une enfant, et ne venait en Bourgogne qu'au moment des vacances. Le fait auquel vous faites allusion s'est passé à un moment où nous étions seuls au château, le général et moi.

— Parle ! parle !

— C'était pendant l'hiver de l'année 1859, le 10 mars, vers neuf heures du soir. Quel souvenir ! J'étais avec le général, et je me disposais à me retirer, quand nous entendîmes la porte du vestibule s'ouvrir avec fracas et des pas précipités se diriger vers le salon où nous étions.

Le général devint pâle comme un mort.

On a beau être sévère et rigide, on n'en reste pas moins père. M. de Graçay avait reconnu tout de suite le pas de son fils.

— Martial !... balbutia-t-il, en se tournant vers moi... entends-tu ? c'est lui !...

Il n'avait pas fini de parler, que sur le seuil du salon apparaissait M. Henry, les vêtements en désordre, couverts de boue, l'œil hagard, les joues livides.

Le général jeta un cri, et son malheureux fils courut se jeter, les mains jointes, à ses genoux.

— Ah ! sauvez-moi ! sauvez-moi ! dit-il d'une voix que la peur étranglait.

— Quoi ? que se passe-t-il ? demanda M. de Graçay.

— On me poursuit...

— Qui cela ?

— Par grâce ! je vous supplie, cachez-moi.... ne me livrez pas ! songez qu'il y va de l'échafaud !

La terreur à laquelle il était en proie, lui faisait oublier toute prudence... et il n'avait plus conscience de ce qu'il disait !

De son côté, le général hésita un moment. Je vis son visage se contracter jusqu'à le rendre méconnaissable, mais il eut la force de se contenir, et prenant son fils par la main, il l'entraîna vers les appartements du premier étage.

Lui aussi était troublé et ne savait plus bien précisément ce qu'il faisait; seulement, il comprenait qu'il y avait là un danger terrible, imminent, et sa première pensée était de le conjurer.

Avant de s'éloigner, il se tourna vers moi.

— Martial ! dit-il alors avec un regard fulgurant, Martial, sur ta vie, ne permets à personne de pénétrer jusqu'à nous !

Ils avaient disparu depuis une demi-heure, quand mon attention fut tout à coup attirée du côté du parc.

On parlait avec animation, et je pouvais distinguer la voix du jardinier et celle d'une autre personne que je ne connaissais pas.

L'attente ne fut pas longue; presque aussitôt, un inconnu escalada l'escalier et vint se présenter à moi.

— Où est-il?... Il est ici ! dit-il, en me saisissant les deux mains.

C'était un jeune homme... vingt-cinq ans à peine... robuste, énergique, résolu à tout.

J'essayai de gagner du temps.

— Que voulez-vous ? demandai-je.

— Ah ! ne cherchez pas à me tromper ! reprit-il avec colère... je le suis depuis deux jours... je l'ai vu pénétrer dans le parc... je suis certain qu'il n'en est pas sorti... je veux qu'on me le livre !

— De quel droit ?

Il eut un ricanement et passa ses ongles dans ses cheveux.

1.

— Écoutez, répondit-il, — et ses paroles résonnent encore à cette heure à mon oreille — écoutez ! le misérable que je poursuis se nomme Henry de Graçay-Chambrun. — Il y a deux mois, de complicité avec un nommé Lombard, il a assassiné, volé, odieusement outragé miss Aurore Stanley, qui était ma fiancée, et puisque jusqu'à ce jour la justice n'est pas parvenue à atteindre les coupables, j'ai résolu, moi, de me charger seul du châtiment.

— Mais qui vous dit ?...

— Le trouble où je te vois me prouve que tu ne doutes plus toi-même ! Voyons ! C'est ici qu'il s'est réfugié... Aux traces que je retrouve sur ces dalles, je suis certain qu'il a passé là !... Sur ton honneur et sur ta vie... je te somme de me livrer ce misérable.

Comme il faisait quelques pas en se dirigeant vers le premier étage, je me plaçai en travers de l'escalier et lui barrai le passage.

A cette vue, il proféra une imprécation de fureur.

— Ah ! prends garde !... balbutia-t-il en tourmentant la poignée d'un revolver qu'il venait de tirer de sa poche.

— Vous ne passerez pas !

— Cet homme m'appartient ! le soustraire à ma vengeance, c'est accepter une part de complicité dans le crime qu'il a commis !... Prends garde !

Il arma son revolver et en dirigea le canon sur ma poitrine. Et peut-être eût-il fait feu, si à ce moment Anthelme, le jardinier, qui est un colosse, ne s'était précipité sur lui et ne lui avait arraché l'arme des mains.

Puis il le tint pendant quelques secondes étroitement serré entre ses bras, sans que le jeune homme put parvenir à se dégager.

— Au surplus, ajouta Anthelme, il serait inutile d'insister dorénavant... Celui que vous cherchez n'est plus au château.

— Comment? fit le jeune homme.

— Il vient de partir.

— Infamie!

— Et pour que la fantaisie ne vous reprenne pas de vous remettre sur sa piste, Martial et moi nous allons vous garder ici jusqu'à nouvel ordre.

Le jeune homme ne répondit pas.

Il avait compris qu'Anthelme et moi nous étions décidés à l'empêcher de s'éloigner, et il jugea qu'il serait puéril d'essayer d'engager une lutte...

Mais une sauvage expression envahit ses traits, ses yeux s'éclairèrent de lueurs fauves, et sa poitrine soulevée eut un grondement irrité.

— Soit! dit-il d'une voix pleine de fiel et de rage. Soit! mais l'acte que vous commettez à cette heure appelle des représailles terribles, et puisque l'on m'y pousse, je rendrai honte pour honte, et sang pour sang!... Malheur au général et à sa fille!

II

Martial s'était tu depuis quelques secondes et Gontran ne songeait pas à reprendre la parole.

Le récit qu'il venait d'entendre l'avait fortement impressionné, et il lui semblait qu'il se faisait un commencement de lumière dans les ténèbres du passé.

Il devenait évident pour lui, que l'homme dont Martial venait de parler ne pouvait être que Beverley, — et cette menace qu'il avait proférée, six années auparavant, correspondait, à n'en pas douter, aux paroles qui lui étaient échappées le jour du bal de M. Dalbane.

C'est lui qui avait ramené le général du château de Graçay-Chambrun, et il n'était pas douteux non plus que ce retour de Réjane à Paris devait servir les sinistres projets qu'il méditait.

Il lui importait donc de connaître au plus tôt les confidences que la petite Ninoche avait à lui faire, et après avoir jeté un coup d'œil sur sa lettre, dans laquelle elle lui parlait de Beverley, il n'hésita plus et résolut de se rendre à son invitation.

— Un mot encore ! dit-il à Martial. Depuis le jour où s'est passée, à Graçay-Chambrun, la scène que tu viens de me raconter, tu n'as jamais revu l'homme en face duquel tu t'es trouvé ?

— Je ne pense pas, répondit Martial.

— Tu ne sais pas qui il est ?

— Non...

— Mais si tu le rencontrais, tu le reconnaîtrais ?

— Je ne sais pas : je ne l'ai vu qu'un instant... et c'est Anthelme qui l'a gardé pendant la nuit fatale...

— Bien !... interrompit Gontran... ce n'est pas là d'ailleurs ce qui m'occupe pour le moment, et j'en sais assez pour nous diriger. Seulement, il faut désormais veiller avec plus de vigilance encore... Un danger terrible menace mademoiselle Réjane, et il importe de ne plus la quitter d'un instant.

— D'après ce que vous m'avez co... llé, j'avais déjà pris mes dispositions en conséquence... Je suis depuis ce matin, installé chez le général, qui a bien voulu m'offrir d'habiter près de lui.

— C'est à merveille.

Martial allait se retirer quand il revint tout à coup sur ses pas, comme frappé d'une idée subite.

— Qu'y a-t-il ? demanda Gontran.

— Un détail, répondit le garde, un souvenir qui me revient, et que j'avais oublié.

— Qu'as-tu à me dire encore ?

— Vous rappelez-vous, monsieur le vicomte, le soir où, peu après la mort de M. Dalbane, vous m'aviez remis une lettre pour mademoiselle Herminie.

— Sans doute.

— Nous étions sur le boulevard... vous alliez à votre cercle, moi, je rentrais rue de Varennes, quand nous avons été croisés par deux hommes.

— En effet...

— Je ne vis que l'un de ces hommes... et s'il vous en souvient, je ne fus pas maître d'un mouvement en l'apercevant.

— C'est vrai... je t'ai demandé ce que cela voulait dire, et tu as évité de me répondre.

— J'avais mes raisons alors !... mais à présent...

— Les traits de cet homme t'avaient frappé !

— C'est cela.

— Tu l'avais déjà rencontré quelque part ?

— Je le crois.

— Et son nom ! le nom de celui qu'il te rappelait ?

— Henry ! murmura le vieux garde à voix tremblante et basse.

Gontran fit un haut le corps.

— Le fils du général !... s'écria-t-il, d'un ton effaré.

— Un moment, j'en ai douté. — Mais depuis .. maintenant surtout... il me semble...

— Cela doit être !... et dès ce soir, je saurai si cela est !... Va ! va, mon ami... laisse-moi le soin de tirer parti de toutes ces confidences et n'oublie aucune des recommandations que je t'ai faites.

Gontran dîna chez lui : il ne voulait pas, en sortant, s'exposer à faire quelque rencontre qui l'eût distrait de son but.

Ce ne fut qu'aux environs d'une heure qu'il quitta la chaussée d'Antin, et se dirigea vers le restaurant de la Maison d'or, où il était attendu.

Depuis qu'il avait quitté Paris, c'est-à-dire depuis huit mois, il savait à peine ce qui s'y était passé et les changements qui avaient pu s'opérer dans le monde du plaisir qu'il fréquentait d'ordinaire.

Huit mois cependant voient souvent bien des révolutions s'accomplir; et ceux qui n'ont jamais considéré le boulevard que comme une voie banale de communication, ne s'imaginent pas quels désastres s'y préparent, et par quelles dégringolades rapides on y aboutit à la ruine et quelquefois à la honte.

La nuit couvre ces sinistres de son manteau de ténèbres, mais le matin, à la lumière du jour, il n'est pas rare de voir surnager les lamentables épaves de ces naufrages parisiens.

Quoiqu'il fût très-préoccupé par ce qu'il venait d'apprendre, Gontran éprouvait une vive curiosité à la pensée des révélations qui allaient lui être faites.

Pour la lutte qu'il s'apprêtait à engager, il lui importait de connaître quelles transformations avaient eu lieu depuis sa disparition, et les observations auxquelles il comptait se livrer devaient l'aider puissamment dans le rôle qu'il se disposait à jouer.

Voici à peu près, du reste, dans quelle situation il allait retrouver les divers personnages que le lecteur a déjà vu figurer dans ce récit.

Brin-de-Tulle n'avait pas sensiblement modifié sa position.

Engagée par Sosthène à sa sortie de l'*Eldorado*, elle avait donné à son amant les quelques mois de repos qu'elle venait de gagner.

Tant que l'été avait duré, elle s'était laissée adorer par le jeune millionnaire et l'avait suivi dans tous ces caravansérails de l'étranger qui ne semblent institués que pour le plaisir et la galanterie.

Ils avaient successivement visité Bade, Ems, Hombourg, Monaco, et étaient revenus à Paris, dès les premiers jours d'automne...

Brin-de-Tulle en avait assez, et peut-être Sosthène n'en demandait-il pas davantage.

Pour nous servir d'un mot, qui était fort en usage déjà à cette époque, la jolie pécheresse ne *s'emballait* pas facilement : elle traitait le plaisir comme on traite les affaires, et elle aimait Paris, surtout parce que c'est la seule place où une femme de son tempérament peut trouver à faire valoir ses qualités exceptionnelles.

Brin-de-Tulle était entrée tout armée dans le monde galant; dès les premiers pas, elle avait eu son but dont rien ne pouvait la détourner.

Elle ne s'était pas dit : Je serai heureuse ! elle s'était tout simplement promis de devenir riche...

On aurait tort de croire que Sosthène lui fût indifférent. Le jeune millionnaire avait si bien fait les choses, qu'au fond elle lui gardait une sérieuse reconnaissance, peut-être même une amitié sincère.

Cardinet ne lui aurait jamais donné un petit hôtel rue du Cirque, ni un huit-ressorts de Binder, ni une paire de chevaux que les connaisseurs déclaraient n'avoir pas coûté moins de dix mille francs.

. Sosthène avait donc réellement *lancé* la belle enfant, et les femmes d'affaires n'oublient pas toujours ces services-là !

Brin-de-Tulle pouvait maintenant quitter son amant, à la première fantaisie, bien certaine qu'au lendemain même de la séparation, elle trouverait un placeme'. avantageux.

Il faut parler ainsi de ces choses-là.

Mais elle était trop habile pour précipiter les événements et elle exerçait assez d'empire sur elle-même pour que l'attrait de l'inconnu ne la poussât pas à compromettre le connu.

Seulement, elle prenait ses précautions.

Quand elle avait manifesté l'intention de rentrer au théâtre, Sosthène s'était empressé de lui en faciliter les moyens. Il connaissait les directeurs, les auteurs, les artistes... et en moins d'un mois, Brin-de-Tulle eut un rôle de deux cents lignes dans une pièce nouvelle, dont la première représentation devait avoir lieu vers le mois d'octobre.

Elle était rentrée à Paris pour présider à la confection de ses deux costumes, qui devaient faire sensation.

Elle avait revu dès les premiers jours celles de ses amies qu'elle aimait le plus.

Ninoche surtout!

C'était peut-être la seule personne pour laquelle elle se sentit une vraie affection.

— Tu es avec Cardinet maintenant? lui dit-elle, en l'embrassant avec effusion.

— Il paraissait tant y tenir! dit Ninoche d'un ton indifférent. Et moi... tu sais... celui-là ou un autre... puisque ce n'est pas LUI.

Brin-de-Tulle remua la tête.

— Tu en tiens donc toujours? interrogea-t-elle, avec un singulier tressaillement.

Le sentiment si profond qu'éprouvait son amie lui inspirait une sorte de terreur, — on eût dit qu'elle avait peur de la contagion.

— Ça mourra avec moi! répondit Ninoche avec un sourire résigné.

— Tu ne l'as pas revu?

— Non.

— Où est-il?

— A son château.

— Qui te l'a dit?

— Son concierge... Je passe de temps en temps, rue de la Chaussée-d'Antin, pour avoir de ses nouvelles. Martial, son garde, écrit quelquefois, et je sais comme cela ce qu'il fait!

— Que fait-il?...

— Je crois qu'il est amoureux.

— Pas d'Herminie, toujours... interrompit vivement Brin-de-Tulle, puisqu'elle voyage avec le

Lubiroff!... et, sur ce point, je lui souhaite bien du plaisir : pour son début, elle n'a pas eu la main heureuse.

— Est-ce que le prince?...

— Lui!... un prince... *il s'en ferait mourir !* — nous nous sommes rencontrés à Hombourg et il a cherché à se lier ; il est joueur... Sosthène aussi... en moins de huit jours, il nous avait volé vingt mille francs.

— Oh ! volé ! fit Ninoche.

— C'est un vieux filou, te dis-je... aussi, au bout de la semaine, j'ai arrêté les frais, et nous nous sommes donné de l'air...

— Du reste... tu as raison... quant à mademoiselle Herminie, reprit Ninoche après un court silence ; ce n'est pas d'elle qu'il est amoureux.

— Aurait-il découvert quelque rosière dans les environs de son château ?

— Je ne pense pas...

— Moi non plus.

— Je te raconterai tout cela en détail...

— Quand tu voudras...

— Et peut-être aurai-je à te demander un bon conseil sur la conduite que je dois tenir.

— A propos de quoi?

— Pas aujourd'hui... c'est plus grave que tu ne le penses... nous en causerons, le moment venu.

Brin-de-Tulle et Ninoche étaient les principales personnalités du groupe que nous connaissons ; quant aux autres jeunes femmes, que le lecteur se rappelle peut-être, il n'était survenu dans leur existence rien de bien précisément remarquable.

Peau-d'Ane continuait d'être la gloire de Valentino, Turbine avait remplacé Brin-de-Tulle à l'Eldorado, et c'était à peu près tout !

Quand vint l'heure du souper que Brin-de-Tulle offrait à ses amies à l'occasion de la répétition générale de la pièce dans laquelle elle devait débuter, aucune de ses invitées ne manqua à l'appel, et chacune d'elles s'y rendit avec son amant.

Seule, Ninoche arriva sans être accompagnée.

— Eh bien... et Cardinet? demanda Brin-de-Tulle étonnée.

Ninoche remua la tête.

— Oh ! lui ! tu sais, répondit-elle, il est resté au jeu. Depuis un mois, tous les soirs, il va à son cercle, et souvent il ne rentre qu'au jour.

— Alors, il ne viendra pas souper?

— Ça dépendra... il m'a dit de ne pas l'attendre.

— A son aise... on se passera bien de lui.

On se mit à table et la conversation ne tarda pas à s'animer.

Brin-de-Tulle était radieuse et pleine d'espoir.

Elle avait deux couplets à chanter dans la pièce que l'on venait de répéter et les auteurs, amis de Sosthène, étaient allés la complimenter sur la manière dont elle s'en était tirée... Tous les convives la félicitaient à ce propos, et Sancé et Précourt ne l'appelaient plus que la Diva.

Ninoche prenait part à la gaieté générale, mais à

chaque instant, une vive sensation la pinçait au cœur, et un voile obscurcissait sa vue.

Dans la journée, elle avait passé rue de la Chaussée-d'Antin, et elle savait que Gontran était arrivé !

Elle attendait !

Heureusement, ce ne fut pas long.

Il y avait, en effet, à peine dix minutes qu'une heure était sonnée, quand la porte du salon s'ouvrit, et que Gontran parut sur le seuil.

III

L'entrée du jeune gentilhomme fut saluée par des hourras enthousiastes.

— Gontran! c'est Gontran! vive Gontran!

Sancé, Précourt, Sosthène s'étaient levés et étaient allés à sa rencontre, pendant que Brin-de-Tulle, un moment interdite, se penchait vivement à l'oreille de Ninoche qui avait pâli.

— Tu savais qu'il devait venir? dit-elle aussitôt à voix basse et rapide.

— Oui! répondit Ninoche en rougissant.

— Tu l'as donc vu?

— Non.

— Comment cela s'est-il fait?

— Je lui ai écrit.

— Et il apporte lui-même la réponse?

— Tu vois.

— Oh! oh!... cela se corse!

— Pourquoi?

— Une idée!... car moi aussi, j'avais écrit à quelqu'un.

— A qui donc?

— A la *Princesse*.

— Herminie!

— Je l'ai invitée à souper.

— Et tu crois qu'elle viendra?

— Nous le verrons bien...

Un nuage passa sur le front du petit débardeur.

— T'es bête! continua Brin-de-Tulle, qui s'en
aperçut; a pas peur... tiens-toi bien... et la Princesse en sera pour ses frais!

Pendant que ces paroles s'échangeaient entre les
deux jeunes femmes, Gontran s'était avancé et avait
salué Brin-de-Tulle.

— Ah çà! tu as donc deviné que nous soupions?
interrogea celle-ci avec un fin sourire.

— Il n'est bruit, ce soir, à Paris, que de ton prochain début, répondit Gontran; sur le boulevard, on
m'a dit que vous étiez ici, et j'ai voulu apporter ma
part de gaieté à cette petite fête.

— Tu sais que nous passons mardi!

— Les fauteuils font déjà prime! J'ai rencontré
Adolphe, qui a bien voulu m'en promettre un... au
prix de dix louis.

— Eh bien... que la fête continue!... Sosthène va
te céder sa place et tu t'assiéras entre Ninoche et
moi!

Gontran ne demandait pas autre chose et s'assit à
l'endroit qui lui était indiqué.

L'animation, un moment suspendue, reprit alors de plus belle, et cinq minutes après le jeune vicomte jugea le moment opportun pour entamer la conversation avec Ninoche.

. Celle-ci était fort émue, — mais elle était si heureuse de se sentir à côté de Gontran !

— Vous voyez, ma chère enfant, que je suis exact au rendez-vous, dit ce dernier; en arrivant, ce matin, j'ai trouvé votre lettre chez mon concierge, et je n'ai pas voulu remettre à vous remercier de l'intérêt que vous me témoignez.

— C'est moi qui vous suis reconnaissante, monsieur Gontran, répondit Ninoche, car, en vous écrivant, je n'espérais pas beaucoup que vous viendriez.

— Pourquoi donc ?

— Vous ne me connaissez pas.

— Détrompez-vous.

— Vous ne vous êtes jamais mêlé à ce monde où je vous voyais de loin en loin, et je ne pouvais croire que vous aviez gardé quelque souvenir de moi...

Gontran ébaucha un sourire.

— Eh bien... c'est là une grosse erreur, répondit-il d'un ton affectueux; dans les rares occasions où j'ai pu vous rencontrer, j'avais conçu pour vous une très-sincère sympathie et mon souvenir ne vous a jamais confondue avec les Peau-d'Ane et les Turbine que j'y ai entrevues.

— Est-ce vrai ?..... fit Ninoche en joignant les mains.

— Peut-être ai-je tort de vous parler ainsi ?

— Non... monsieur Gontran... non... car vos paroles me font du bien... et je ne les oublierai plus...

— Pauvre enfant !

Ninoche passa la main sur son front comme pour chasser une pensée importune.

— Mais ce n'est pas de moi qu'il s'agit, reprit-elle d'un ton plus ferme, et il faut que je vous parle des choses pour lesquelles je vous ai écrit.

— C'est donc tout à fait sérieux ?... interrogea Gontran.

— Gardez-vous d'en douter !

— De qui les tenez-vous ?

— Je vous expliquerai tout cela... seulement il importe que personne ne puisse nous entendre... car le moindre mot rapporté à Cardinet ou à Beverley pourrait tout compromettre.

— Quel moyen employer ?

— Il y en a un.

— Lequel ?...

Ninoche leva son regard profond sur le jeune homme.

— Cela vous contrariera peut-être, répondit-elle d'un ton singulier, mais voyez-vous, pour quelques instants, il faudrait avoir l'air de me faire la cour.

— Comment ?...

— Oh ! ne m'en veuillez pas, monsieur Gontran... je ne demande pas plus qu'il ne convient que vous fassiez. Cependant, ce que j'ai à vous dire est si important... nous avons si peu de temps devant nous.

— Expliquez-vous.

— Écoutez, il y a là, derrière cette portière qu'on a baissée, un petit cabinet où nous serions tout à

fait seuls, et où nous pourrions causer à notre aise,
— ils sont trop occupés en ce moment pour faire
attention à nous... Tout à l'heure, je disparaîtrai
sans qu'on s'en aperçoive, et dès que vous verrez le
moment propice, vous viendrez me rejoindre, —
voulez-vous?

— Je ferai ce que vous demandez?

Ninoche se leva avec un éclair dans les yeux ; pendant quelques minutes on la vit aller et venir à travers le salon, puis, tout à coup, elle adressa un signe
furtif à Brin-de-Tulle, et gagna le cabinet voisin,
sans que son manége eût été remarqué par aucun
des convives.

Un instant après, Gontran disparaissait à son
tour... et il allait rejoindre la jolie enfant qui lui fit
une place à son côté, sur le divan où elle était assise.

Ils étaient seuls.

— Parlez! parlez, dit Gontran, en lui pressant
les mains... Si vous saviez combien je suis touché
de tout ce que vous faites, et croyez que vous n'aurez pas obligé un ingrat.

— Je ne vous demande qu'un peu d'estime, —
monsieur Gontran, — répondit Ninoche ; et je serai
trop récompensée le jour où vous serez heureux...

— Chère petite !...

Machinalement, Gontran attira la belle enfant
sur sa poitrine, et son souffle effleura son front.

Ninoche se dégagea vivement.

Une pâleur mortelle avait envahi ses joues, —
elle porta ses deux mains à son cœur.

— Nous voici seuls... Causons... dit-elle, d'une voix saccadée; je vous ai écrit... et je crains bien que vous n'ayez pas compris ce que je vous disais.

— J'ai compris qu'il s'agissait d'un danger.

— C'est cela. — Mais ce n'est pas vous que ce danger menace ?

— Qui est-ce donc ?

— Vous avez passé une grande partie de l'été à votre château?

— C'est vrai.

— Et à quelque distance de vous demeurait un vieux général en retraite?

— M. de Graçay.

— Avec sa fille ?

— Qui vous a dit?

— Qu'importe, puisque je le sais.

— Est-ce donc mademoiselle de Graçay qui se trouverait menacée ?

— Précisément.

— Elle !...

Et cette révélation coïncidait d'une façon si inattendue avec les confidences que Martial lui avait faites, ce jour même, que Gontran ne put se défendre d'un sentiment d'effroi.

Il s'empara avec une sorte de violence des mains du petit débardeur.

— Voyons ! dit-il d'une voix sourdement agitée; ce que vous dites là est bien singulier, mon enfant, et peut-être vous êtes-vous trompée... qui pourrait en vouloir à cette jeune fille qui n'a fait de mal à personne?... quel misérable oserait former l'odieux projet?...

— Ça... je ne le sais pas bien!... répondit Nino-che... mais ne dédaignez pas l'avis que je vous donne, car, si je ne puis vous renseigner tout à fait, je puis du moins vous en dire assez pour que vous preniez vos précautions... us aimez cette jeune fille... n'est-ce pas?...

— Moi!

— On me l'a dit.

— Eh bien... oui!... je l'aime, c'est vrai!... pour-quoi le cacherais-je?... je vous estime assez dès à présent, pour vous faire cet aveu...

Une larme trembla au bout des cils de Nino-che.

— Merci... dit-elle... cela me décide à tout vous dire.

—. Parlez...

— Depuis quelques mois... il y a un homme que je rencontre à chaque instant sur mon chemin... et dans le commencement, je n'avais eu qu'une idée à son sujet.

— Dites.

— C'est qu'il en voulait à Cardinet.

— Comment cela?

— Ah! nous autres, voyez-vous, nous savons observer quand nous nous en mêlons... On ne se méfie pas... on nous croit uniquement occupées de toilettes et de plaisir... et l'on ne se donne pas la peine de poser devant nous!

— Quel est cet homme?

— Dès les premiers jours, j'avais remarqué son regard sombre et dur... il ne quittait pas Charles de l'œil, et je voyais passer bien souvent sur sa lèvre un tressaillement qui le faisait sourire, comme les tigres seuls doivent le faire.

— Enfin...

— Il hait Cardinet, ce n'est pas douteux, et j'avais cru jusqu'alors que ça se serait borné là... mais il y a quinze jours à peine, j'ai compris qu'il y avait autre chose.

— Qu'est-il arrivé ?

— Il m'a parlé.

— Ah !...

— Persuadé que Cardinet avait un secret et que, vivant dans son intimité, j'avais dû le pénétrer... il a tenté de me l'acheter.

— Vous avez refusé ?

— J'ai accepté au contraire... il ne fallait pas se montrer trop vertueuse... cela lui aurait donné l'éveil — et je n'aurais rien su.

— Que voulait-il apprendre ?

— Des bêtises ! — il croit que Cardinet porte un nom qui n'est pas le sien et cela ne me gêne pas... Seulement, tout en causant, et pendant qu'il cherchait à m'arracher mon secret... moi, j'ai deviné le sien.

— Est-ce possible ?

— Cardinet n'est pas le seul à qui il en veut... Dans l'emportement de sa haine, à deux reprises différentes, il a prononcé le nom de mademoiselle Réjane de Graçay.

2.

Gontran se tut un moment, comme s'il eût voulu réfléchir une dernière fois à ce qu'il venait d'entendre; puis il releva le front... et serra les mains de la jeune femme.

— Tout cela est grave, en effet, dit-il alors... mais j'en connaissais déjà une partie et je ne suis venu à Paris que pour surveiller Beverley.

— Vous savez que c'est lui? fit Ninoche étonnée.

— J'espère que je l'empêcherai d'atteindre le but infâme qu'il se propose... Mais pour cela... ce n'est pas trop du concours dévoué de tous mes amis... et je compte bien sur le vôtre.

— Ah! tout ce que vous me direz de faire, je le ferai.

Le jeune homme allait poursuivre, mais il n'en eut pas le temps. Une sorte de tumulte venait de s'élever dans le salon voisin, et au-dessus du bruit qui arrivait jusqu'à lui, Gontran tressaillit au son d'une voix qu'il crut reconnaître.

Son attente fut courte, du reste; car aussitôt une main fiévreuse souleva la portière du cabinet, et dans le cadre de la porte apparut Herminie Dalbane.

IV

Gontran se dressa presque épouvanté à celle
vue.

— Herminie! balbutia-t-il sans s'arrêter à analyser la sensation qu'il éprouvait.

Mais déjà la jeune femme s'était précipitée dans
ses bras, elle le serrait contre sa poitrine, et baisait
son front et ses cheveux avec des transports fous.

— Ah! cela fait du bien de se reposer un moment
sur la poitrine d'un honnête homme! dit-elle un
instant après, en reculant de quelques pas... Gontran! Gontran!... le ciel me devait celte joie après
toutes les tortures et toutes les épouvantes à travers
lesquelles j'ai passé...

Puis, elle se laissa tomber sur le divan, et força
le jeune gentilhomme à s'asseoir à ses côtés.

Machinalement celui-ci obéit.

A vrai dire, il ne savait plus guère ce qu'il faisait, et cette apparition l'avait surpris au delà de toute mesure.

Herminie, du reste, ne lui laissa pas le temps de réfléchir et de reprendre possession de lui-même.

Elle lui tenait les mains, plongeait son regard dans ses yeux, — et contenait avec peine les sanglots dont sa poitrine était gonflée.

— Toi ! C'est bien toi... reprit-elle au bout d'un instant... Mon Dieu... je ne croyais plus te revoir !... Non... ne parle pas... laisse-moi te regarder... il me semble qu'il y a autour de toi une atmosphère dans laquelle mon cœur se rafraîchit... Si tu savais de quels abîmes inconnus je remonte... et au milieu de quelles épouvantables ténèbres j'ai vécu depuis que je t'ai quitté !... C'est effrayant... Je te dirai tout !... Je veux que tu m'écoutes, — d'abord, — et quand tu m'auras entendue et jugée... nous verrons, ô mon Gontran, si tu auras le courage de me condamner !

Elle passa ses deux mains sur son front, pressa ses lèvres et ferma les yeux pour les rouvrir aussitôt grands et fixes.

S'appartenait-elle vraiment ? n'était-elle pas plutôt sous l'empire de quelque sentiment excessif qui l'enlevait à la réalité même ? ne subissait-elle pas enfin une de ces hallucinations fiévreuses qui transportent parfois le cœur et l'âme dans un monde de sensations qui se dérobent à toute observation et à toute analyse ?

On eût pu croire que quelque rêve terrible flottait devant son regard, ou qu'elle se sentait enveloppée par une vision qui pesait fatalement sur son esprit, et à travers laquelle l'impalpable et l'inconnu l'enserraient étroitement jusqu'à l'étouffer.

Une sorte de cauchemar.

Gontran regardait, et, sans savoir pourquoi, il avait peur.

— Écoute ! écoute !... reprit la jeune femme bientôt après ; — ah ! tu te rappelles, n'est-ce pas?... tu n'as pas oublié cette nuit si rapide dont le souvenir me brûle encore, à l'heure où je te parle !... j'étais partie... folle... enivrée... palpitante... sans réfléchir à ce que je faisais, je m'étais enfuie vers cet homme qui m'attendait à l'étranger pour me faire princesse et millionnaire !...

Vois-tu !... vous autres, vous n'avez pas les mêmes idées que nous... vous ne savez pas faire la part des sentiments auxquels nous obéissons !.,. les femmes qui aiment réellement ne s'arrêteront jamais devant les répugnances que vous inspirent certains compromis, dont votre fierté s'alarme ou s'effarouche, et quand je me résignai à aller au prince Lubiroff, c'était pour être plus sûre de te retrouver au retour...

— Herminie !... murmura Gontran.

— Ne m'interromps pas ! Je n'entends ni me disculper, ni me justifier... je m'explique, voilà tout ! En allant au prince, je croyais aller vers un époux ridicule, sorte de Cassandre passionné dont mes caprices devaient avoir facilement raison... mais,

au premier jour de notre rencontre, il me tendit sa
main, que j'acceptai sans défiance, et je sentis que
cette main était armée de griffes qui me saisirent
avec une violence presque sauvage !... À la place
du vieillard aveugle et impuissant, auquel j'étais
disposée à m'offrir, j'avais devant moi une bête
fauve, dont je devins la proie...

Et, comme si ce souvenir l'eût rejetée tout à coup
dans un ordre d'idées et de sensations douloureuses,
la jeune femme se prit à frissonner, et Gontran vit
son regard s'éclairer de lueurs sinistres.

Il y eut un court silence, puis elle secoua énergiquement la tête, et reprit :

— Ce fut horrible !... dit-elle... tous mes rêves
longuement caressés s'évanouirent devant l'épouvantable réalité, et je roulai, humiliée, jusqu'au
fond de l'abîme qui venait de s'ouvrir devant moi.

— Mais le prince !... balbutia Gontran...

La jeune femme eut un éclat de rire nerveux et
sec, comme doivent en répéter parfois les échos de
Bicêtre ou de Charenton.

— Ah !... le prince !... oui... parlons-en !... répli-
qua-t-elle d'un ton amer... tu as dû en rencontrer
souvent de cette sorte, si tu as visité les bagnes de
Toulon ou de Brest !...

— Que dites-vous ?

— Un misérable...

— Et vous ne l'avez pas quitté ?...

— Pourquoi faire ?...

— Cependant...

— N'étais-je pas perdue ? Pouvais-je espérer de

rentrer jamais dans un monde dont je m'étais séparée avec tant d'éclat et de scandale?... D'ailleurs...
j'avais peur de la misère... et il était riche...

— Herminie !

— Et puis, il y avait autre chose.

— Quoi ?...

— Tous les gouffres attirent, dit-on ; ce Lubiroff
est réellement un abîme d'infamie... et je veux voir
jusqu'au fond...

— Mais quel est-il ?...

— Je l'ignore.

— Ne craignez-vous pas de lui inspirer une défiance dangereuse ?

— Ah ! je l'aurai quitté avant qu'il ait conçu le
moindre soupçon !

— Que comptez-vous donc faire ?

— Moi !...

— Quel projet avez-vous formé... pour l'avenir ?

La jeune femme se tut... ses paupières s'abais-
sèrent lentement... un tressaillement courut sur sa
chair.

— C'est un rêve sans doute... murmura-t-elle,
comme si elle se fût parlé à elle-même.

— Quel rêve? interrogea Gontran.

— Dieu ne voudra pas.

— Parlez.

Herminie releva les yeux et enveloppa le jeune
homme de tendres effluves.

— Est-ce possible encore? poursuivit-elle, vous
seul pouvez le dire. Quand j'ai pris la résolution de

revenir à Paris, c'est à vous que j'ai pensé, Gontran, et il me semblait que si vous vouliez...

— Comment ?

— Je ne vous dirai pas à quels poignants regrets j'ai été livrée, depuis ma chute, et quelles aspirations m'ont parfois visitée dans mon abjection.

— Expliquez-vous.

— Vous m'aviez aimée d'un amour si chevaleresque, vous vous étiez montré si généreux au lendemain de la mort de mon père, que le souvenir de votre dévouement m'a bien souvent consolée et soutenue à travers mon propre mépris.

— Ce que j'ai fait, Herminie, répondit Gontran, tout homme de cœur l'eût fait à ma place.

— Peut-être.

— La fille de M. Dalbane eût assuré mon bonheur en acceptant la protection que je lui offrais...

— Je ne l'ai pas compris alors... mais si vous saviez combien de fois j'y ai songé... depuis.

— Que voulez-vous dire ?

La jeune femme eut un triste et douloureux sourire...

— Voyez! mon ami, dit-elle en étouffant un sanglot, depuis quelques minutes je n'ose plus même vous tutoyer... Votre accueil est assurément des plus courtois... Vous êtes toujours le gentilhomme parfait que j'ai connu ; mais ce n'est plus le Gontran qui m'aimait, et je vois que j'ai eu tort de venir.

— Est-ce donc moi que vous espériez rencontrer ici ?

— Vous en doutez !

— Qui a pu vous dire?

— Mon Dieu! le hasard. Brin-de-Tulle, qui me savait à Paris, m'avait priée au souper de ce soir... et j'étais bien résolue à ne pas me rendre à son invitation, mais au dernier moment, quelqu'un est venu me voir qui a prononcé votre nom et qui m'a assuré que vous deviez être ici.

— Voilà qui est étrange! fit Gontran... je suis arrivé hier matin, je ne suis pas sorti de la journée... et je me demande qui peut être si bien au courant de mes actions.

— Un de vos amis.

— Sosthène?

— Non...

— Ne voulez-vous pas me dire son nom?

— Je n'ai aucune raison de le cacher.

— Et c'est?

— Beverley.

Gontran fit un soubresaut, et, à son tour, il saisit les mains de la jeune femme.

— Beverley! répéta-t-il... vous l'avez vu?

— Il y a une heure.

— Et il vous a dit que j'étais ici?

— Sans cela, je ne serais pas venue.

— Mais comment le savait-il... qui lui avait appris à lui-même?...

Herminie regarda le jeune homme avec étonnement; dans la situation d'esprit où elle se trouvait, elle crut naïvement qu'un sentiment de jalousie et de dépit s'était emparé de Gontran, et l'espoir rentra tout à coup dans son cœur.

Elle se rapprocha, et ses lèvres touchèrent presque son oreille.

— A quoi penses-tu donc? dit-elle avec un sourire radieux... Gontran !... est-ce que tu serais jaloux de Beverley?

— Que dites-vous? fit le jeune gentilhomme en revenant à lui.

— Tu sais bien cependant que je n'aime que toi ! Et si tu voulais encore...

Gontran se dégagea brusquement...

— Assez... dit-il avec effort et en se relevant... Assez !... ne me parlez plus de ce passé si triste ; et n'essayons pas de retourner vers un bonheur impossible... Je ne veux point oublier pourtant l'heure où je vous ai aimée, et j'en conserverai à jamais le souvenir... Mais vous avez repoussé l'existence honnête que je vous offrais ; vous avez choisi librement la voie dans laquelle vous êtes engagée désormais et je ne prétends ni vous condamner ni vous juger, — le chemin que nous avons pris ne saurait plus nous rapprocher ; chaque pas que nous y faisons l'un et l'autre, nous sépare davantage, et il faut que nous nous résignions à ne plus nous rencontrer...

— Ah !... vous êtes cruel, Gontran, dit la jeune femme d'une voix accablée.

— Je suis sincère seulement.

— Vous ne m'aimez plus... qui sait !... j'en arrive à penser que vous ne m'avez jamais aimée...

Gontran ferma les yeux, comme si ces paroles eussent éveillé un dernier écho dans son cœur.

— J'ai aimé avec passion... mademoiselle Her-

minie Dalbane, répondit-il d'un ton sous la fermeté
duquel on sentait vibrer une profonde émotion...
mais je ne saurais plus rien avoir de commun avec
la maîtresse du prince Lubiroff !...

La jeune femme étouffa un cri douloureux et
roula sa tête dans ses mains...

Gontran avait fait quelques pas vers la porte.., il
revint vers la jeune femme.

— Herminie !... dit-il alors d'une voix plus douce,
ne m'en veuillez pas... comprenez-moi bien... pardonnez-moi.

— Horrible ! c'est horrible, balbutia la malheureuse en sanglotant.

— Ne nous quittons pas ainsi. Mon coupé est sur
le boulevard. Si vous le voulez, je vous recondui-
rai.

— Chez le prince ! fit Herminie avec des yeux
égarés.

— Où vous voudrez, répondit le vicomte.

La jeune femme ne répondit pas tout de suite.

Ses belles dents mordaient ses poings; deux
larmes coulaient le long de ses joues. Sa poitrine se
soulevait avec des bonds inégaux.

— Non ! non ! répondit-elle avec fièvre, la voiture
du prince — et elle appuyait avec une sorte d'âpre
plaisir sur chaque mot — la voiture du prince m'attend rue Laffitte. Je vous remercie et ne veux point
vous compromettre.

— Herminie !

— Adieu !

— Vous désirez que je vous laisse ?

— Ah! partez!... mais partez donc; vous voyez bien que vous me faites un mal horrible.

Et elle se laissa tomber sur le divan.

Une demi-heure se passa sans qu'elle revînt à elle, et Dieu sait ce que pendant ces trente minutes elle vit passer de fantômes terriflants devant son esprit exalté.

Tout à coup, cependant, elle se redressa avec effarement, et jeta une exclamation de terreur.

Une main venait de toucher son épaule nue.

Elle ouvrit les yeux et aperçut un homme debout devant elle.

C'était Beverley!

V

— Qu'avez-vous? interrogea le jeune gentleman avec un sourire d'une expression presque railleuse.

Herminie pressa son front de ses deux mains, et son regard encore chargé de vagues effluves, se promena avec égarement autour du cabinet.

— C'est vous, Beverley! fit-elle avec effort... Je ne savais plus où j'étais; vous me rappelez à la réalité.

— Que s'est-il passé?

— Un rêve horrible...

— Vous avez revu Gontran?

— C'est cela.

— Que vous a-t-il dit!

Un rire nerveux souleva la poitrine de la jeune femme, qui tordit ses beaux bras dans un mouvement de désespoir muet!

— Ah ! je suis donc à ce point avilie et méprisable ! balbutia-t-elle d'une voix sourde, pour que ceux qui m'aimaient le plus en soient arrivés à m'insulter.

— Que dites-vous?

— Gontran ! Gontran ! lui...

Elle se dressa avec un bond de panthère blessée, et une imprécation farouche entr'ouvrit ses lèvres blêmes.

— Il a raison peut-être ! s'écria-t-elle avec emportement, et sa conduite m'indique la profondeur de l'abîme où j'ai roulé... Moi, je n'avais pas conscience... je revenais, croyant le retrouver comme je l'avais laissé, aimant, dévoué... passionné toujours... Je lui rapportais un cœur qui avait échappé à la griffe de l'autre... et il m'a repoussée comme on repousse une fille perdue.

— Est-ce possible?

— Ah ! misérable créature que je suis, continua Herminie ; j'ai agi sans réflexion et sans calcul, et j'ai passé insouciante devant le bonheur que m'offrait sa main loyale... S'il savait pourtant quels amers regrets m'ont visitée depuis que je suis devenue la maîtresse du prince ! Jamais je ne l'ai tant aimé ! J'aurais été son esclave... il m'aurait emmenée où il aurait voulu... Nous aurions vécu seuls, à part, si loin de Paris, que le mépris du monde ne serait pas venu m'y atteindre ; et maintenant que vais-je devenir? Que me reste-t-il à faire? Que m'importe désormais une existence d'où il sera éternellement absent !

Beverley s'approcha de la jeune femme et lui prit les mains.

— Voyons, lui dit-il, vous êtes très-agitée en ce moment, et vous ne démêlez pas bien peut-être le sentiment auquel a obéi le vicomte d'Épernon.

— Que voulez-vous dire? interrogea Herminie, en plongeant son regard dans ses yeux.

— Moi, il m'est venu tout de suite à la pensée que Gontran ne vous a pas tout dit... ou du moins, que vous n'avez pas compris ce qui se passait en lui.

— Expliquez-vous.

— Eh ! je connais les hommes : particulièrement Gontran... et il ne serait pas impossible...

— Quoi ! quoi !

— Que sa colère ne fût que du dépit... ou que son attitude n'eût d'autre cause... que sa jalousie.

Herminie jeta un cri.

— Lui !... lui ! jaloux !... dit-elle, en se levant brusquement.

Son regard s'était éclairé... on eût dit qu'un espoir inattendu venait de relever ses forces abattues.

— Ah ! si cela était !... balbutia-t-elle au comble de l'émotion... Si je n'avais qu'à le rassurer... Mon Dieu ! mon Dieu !

Elle se tut presque aussitôt, et une pâleur mortelle envahit de nouveau ses joues.

— Non ! ajouta-t-elle, cela n'est pas... cela est impossible... il me l'aurait dit... je l'aurais deviné... ah ! je l'aurais deviné, surtout ! Son regard, sa voix, ses gestes, quelque chose de lui m'aurait avertie...

non! il me méprise! il lui répugne de me ramasser dans l'abjection où il m'a retrouvée.

Beverley garda le silence.

Il continuait d'observer la jeune femme, et l'on eût pu penser, à voir son attitude, qu'il éprouvait une certaine jouissance au désordre auquel elle s'abandonnait.

— Je veux bien croire que vous avez raison, reprit-il bientôt; cependant, il y a toujours un mobile à toutes les actions humaines, et je ne puis admettre que le dédain de Gontran vienne uniquement de la situation que vous avez prise... et dont il a profité le premier.

— Ne rappelez pas ce souvenir...

— Tous les hommes sont égaux devant les sensations de ce genre; le souvenir de la possession d'une femme survivrait même au mépris s'il devait exister jamais, et il n'y a qu'une chose au monde qui puisse l'entamer et le faire disparaître... C'est un autre sentiment plus puissant... plus exclusif... contre lequel il n'est pas toujours facile de réagir.

— Je ne vous comprends pas bien!... fit Herminie, qui involontairement se prit à tressaillir.

— C'est pourtant fort simple... mon idée, à moi, est que si Gontran vous repousse... s'il paraît ne plus vous aimer; c'est...

— C'est qu'il en aime une autre...

— Peut-être!

Depuis qu'elle était entrée dans le cabinet où elle se trouvait à cette heure, en tête à tête avec Beverley, Herminie avait passé à travers des émotions cruelles, et sa lèvre avait trempé jusqu'à la lie dans la coupe amère des désillusions.

Cependant, elle s'était montrée courageuse et forte ; si son cœur avait saigné, un dernier espoir y palpitait encore, et l'abandon de Gontran ne lui semblait pas tout à fait irrévocable.

Mais aux dernières paroles de Beverley, un frisson courut sur sa chair... un voile se déchira devant ses yeux. Ce fut comme une révélation fulgurante qui éclaira son esprit, et son sein se souleva avec un sourd rugissement.

— Ah ! vous avez deviné, vous ! dit-elle, d'un ton mordant. Cela doit être, cela est, et même... Attendez ! attendez !

— Qu'avez-vous ?

— Je me rappelle...

— Quoi ?

— Quand je suis arrivée ici... dans ce cabinet, il s'y trouvait seul avec une femme.

— Ninoche ?

— Est-ce que je sais son nom ?

— Devenez-vous folle... ma pauvre enfant...

— Comment ?...

— Mais Ninoche n'est qu'une belle fille, qui se multiplie depuis deux ans dans une circulation active... Estimons assez Gontran pour ne pas lui donner de pareilles relations ?

— Alors, qui est-ce donc ?

— Il a mieux placé son amour...

— Vous connaissez la femme qu'il aime ?

— Parbleu !

3.

— Elle est jeune ?

— Dix-huit ans...

— Jolie ?

— Moins que vous... mais jolie plus que tout autre.

— Et son nom !... son nom !... Beverley... je veux que vous me disiez le nom de cette femme... ah ! il me semble déjà que je la hais de toutes les forces de mon âme...

Beverley se prit à sourire.

— Calmez-vous, mon enfant, répondit-il, car la révélation que j'ai à vous faire est plus grave que vous ne le pensez.

— Que voulez-vous dire ?

— Vous ignorez sans doute... puisque vous arrivez à peine, et que d'ailleurs le vicomte n'aurait eu garde de vous rien avouer à ce propos, vous ignorez que Gontran a passé une grande partie de l'été au château de Graçay-Chambrun.

— On me l'avait dit.

— Et cela ne vous a pas surprise.

— J'ai cru que la douleur de notre séparation lui avait inspiré le goût de la solitude.

— Vous deviez, en effet, vous contenter de cette explication qui flattait votre amour-propre... et je n'irai pas jusqu'à prétendre que ce sentiment ait été tout à fait étranger à sa détermination... mais les choses n'ont pas tardé à prendre une autre tournure...

— Il y avait donc une femme au château de Graçay ?

— Au château... non... mais dans les environs.

— Et il l'a vue?

— Souvent.

— Il lui a fait la cour !

— J'en suis sûr.

— Enfin... cela ne me dit pas...

— Devinez.

— Ah ! vous me faites mourir...

— Eh bien! apprenez qu'il y avait à deux kilomètres à peu près du château, une petite maison, presque isolée, qui, pendant tout l'été, a été habitée... par le général de Graçay-Chambrun.

— Réjane ! s'écria Herminie avec explosion, c'est Réjane qu'il aime !

Il y eut un long silence.

Beverley s'était contenté de faire un signe affirmatif, et la jeune femme était retombée sur le divan, en proie à un désordre inouï.

Elle ne faisait plus un mouvement ; son front s'était penché morne et sombre, ses bras pendaient inertes le long de son corps, sa respiration s'engageait dans sa gorge avec des sifflements de râle.

De temps à autre ses ongles roses grinçaient comme de petites griffes acérées, sur la soie opulente de sa robe; elle secouait la tête avec énergie, et sous son attitude accablée et dolente on sentait le tressaillement d'une colère mal contenue.

— J'ai eu tort de vous dire cela ! prononça doucement Beverley à son oreille.

— Non ! non ! murmura-t-elle, laissez-moi, je vous en prie. Oh ! je souffre ! je souffre !

— Cette Réjane est une enfant.

— Oui. Une pure et douce enfant. Mon Dieu! si j'avais voulu...

— Une ou deux fois par les soirs d'été, je les ai vus.

— Elle l'aime.

— De toute l'ivresse d'un premier amour.

— Et lui! lui!

— Il est resté trois mois seul, au château... et il n'en est parti hier que parce que mademoselle de Graçait rentrait à Paris.

Hermine étouffa un cri et roula sa tête dans ses mains.

— Oh !... je voudrais pleurer... dit-elle avec effort, mais je ne puis pas... je ne puis pas ! Tenez... ne me parlez plus de cela.

— Pourquoi ?

— J'ai peur de moi.

— Que vous importe après tout que mademoiselle de Graçay devienne un jour la femme du vicomte d'Epernon.

— Taisez-vous !...

— Vous l'aimiez bien autrefois !

— Oui! oui!... et maintenant il me semble que je la hais... oh !... comme jamais encore je n'ai haï personne au monde.

Beverley approuva du geste.

— Bon ! dit-il d'un ton singulier... Cette sensation se calmera... C'est le premier moment de surprise... Mais quand le fait sera accompli, quand la petite Réjane s'appellera madame la vicomtesse d'Epernon...

— Ah!... jamais! jamais! interrompit violemment Herminie.

— Eh! que voulez-vous donc?

— Je ne sais pas...

— Vous n'espérez pas, je suppose, que Gontran se résigne à solliciter votre acquiescement... et à moins que...

— Parlez! parlez!

— A moins que d'ici là quelque événement imprévu, que l'on pourrait faire naître au besoin...

Le jeune gentleman mit un doigt sur ses lèvres.

— Voulez-vous que je vous reconduise à votre hôtel... ajouta-t-il à voix basse.

— Sans doute... mais quelle est votre pensée?

— J'ai à vous parler.

— De Gontran?

— De Réjane...

— Et qu'avez-vous à me dire?...

— J'ai à vous dire... que si vous le voulez..., avant trois jours, j'aurai rendu toute union impossible entre le vicomte d'Epernon et la fille du général de Graçay...

VI

Quelques-uns de nos lecteurs se rappellent encore l'espèce de stupeur qui se produisit à Paris, et l'on peut ajouter : dans la France entière, lorsque Eugène Sue publia les premiers chapitres des *Mystères de Paris*.

L'œuvre nouvelle du célèbre romancier contenait de si effrayantes révélations sur le Paris de cette époque ; le tableau qu'elle présentait avec tant de précision dramatique, des tapis francs de la Cité, la peinture si poignante de ces bouges où grouillait une population abjecte qui s'alimentait incessamment des plus redoutables contingents, tout cela était bien fait pour éveiller la curiosité malsaine du public, et semer l'appréhension et même l'épouvante dans les esprits les plus robustes.

On en était arrivé à penser que les trois bagnes de Brest, de Rochefort et de Toulon avaient chacun sa

porte de sortie sur ce sombre quartier de la capitale
et l'on frissonnait en songeant aux ignobles contacts
que les nuits parisiennes vous réservaient.

Depuis, Paris s'est pour ainsi dire transformé...
de grandes voies se sont ouvertes; on y a répandu à
profusion l'air et la lumière, et il semble que l'on
puisse désormais se railler des ténèbres et de la solitude.

C'est une erreur.

La nuit est toujours la nuit! Si le danger s'est modifié, on ne peut pas dire qu'il ait tout à fait disparu.

Et puis!... on a eu beau promener la pioche du
démolisseur à travers les étroites ruelles où s'obsti-
naient les derniers vestiges du moyen âge, l'étranger, qu'un guide intelligent accompagne, peut remarquer encore, çà et là, de bizarres anomalies, au
sein même des quartiers les plus élégants et les
plus fréquentés.

La triangulation mathématique à laquelle nos
édiles ont soumis les rues de la capitale a eu pour
effet salutaire d'ouvrir des voies larges et droites à
la circulation; mais les impérieuses exigences de la
régularité devaient fatalement laisser subsister certaines exceptions, et à l'heure où nous écrivons ces
lignes, nous en pourrions signaler plusieurs qui restent comme un témoignage éclatant des difficultés
qu'ont rencontrées les transformations modernes.

Une surtout!

Au cœur de Paris, à deux pas du Louvre, sur cette
large voie que l'on appelle la rue de Rivoli.

On dirait, d'un gigantesque monolithe, dans lequel on aurait taillé des étages et creusé des appartements.

Ce sont deux maisons juxtaposées, comme les frères Siamois, ou mieux, étroitement soudées, comme les sœurs Millie-Christine.

Elles ne tiennent à rien, et semblent avoir été isolées à dessein des habitations voisines, de peur de la contagion, à l'instar des léproseries du treizième siècle.

Le monolithe a pourtant bonne mine et n'offre rien d'effrayant! on peut en faire le tour, sans danger, par les quatre tronçons de rues sur lesquelles, il prend jour.

Rue de Rivoli, rue Jean-Tison, rue Baillet, rue du Louvre.

Rue de Rivoli, il y a un marchand de vins... un café... et, en retour sur le Louvre, un marchand de jouets d'enfant. — Sur les trois autres rues, il y a un restaurant!

Un restaurant auquel sa position topographique donne tout de suite une allure et un aspect particuliers.

Chose remarquable et typique : on y accède par trois rues.

Celui qui vous a vu entrer ne vous voit pas sortir, — celui qui vous voit sortir, ne vous a pas vu entrer !...

Quel alléchement!

D'ailleurs, on trouve à l'intérieur tout ce que l'on peut demander à ces sortes d'établissement :

bonne chère, bon vin et... ce qu'il faut pour écrire !

Il est très-fréquenté, cela se comprend de reste : on y déjeune, on y dîne, et on y soupe, — on y déjeune surtout.

Deux jours après les scènes que nous avons racontées au chapitre précédent, vers dix heures du matin, un coupé de maître s'arrêta au coin de la rue de Rivoli et de la rue Jean-Tison, et un homme que nos lecteurs ont déjà vu figurer dans ce récit, sauta lestement sur le trottoir et marcha vers l'entrée du restaurant.

C'était le prince Lubiroff, — ou Lombard.

Il monta à pas rapides l'escalier étroit et raide qui conduit au premier étage, et se trouva en présence d'un garçon envoyé à sa rencontre.

—Monsieur est seul? demanda le garçon.

— Oui, mon ami... oui, je suis seul, répondit Lombard, mais ce ne sera pas pour longtemps... as-tu un cabinet à m'offrir?

—Nous avons le n° 5.

— Le numéro m'est inférieur.

— Que faut-il servir à Monsieur ?

— Un verre d'eau et un cure-dent...

Et comme à cette réponse, le garçon faisait un geste stupéfait, le prince sourit avec bienveillance.

—Tu mettras deux couverts, continua-t-il, mais je te défends de me rien servir. Seulement, je t'autorise à me présenter tout de même l'addition, et je la solderai avec reconnaissance; en attendant, voici des arrhes.

Il mit une pièce de vingt francs dans la main de son interlocuteur.

Celui-ci salua, et allait se retirer.

— Mystère et discrétion! ajouta Lombard; dans quelques minutes, un homme viendra demander le prince... le prince, c'est moi, et tu l'introduiras dans le n° 5; rien des bureaux!... tu peux te retirer.

Lombard resta seul à peine cinq minutes.

Puis le garçon r'ouvrit la porte, et l'homme attendu entra.

— L'exactitude n'est pas seulement l'apanage des monarques!... — dit Lombard. — Merlot! je suis content de toi... Prends un siège, assieds-toi à mes côtés et causons... Les moments sont précieux, il faut mettre les morceaux doubles.

C'était Merlot!... — le caissier de Cardinet, mais le caissier méconnaissable.

Cache-nez élevé jusqu'à la hauteur du nez... lunettes à verres bleues... perruque à poils roux.

— Du reste... tu n'es pas mal comme ça... approuva Lombard après l'avoir examiné, le patron lui-même y perdrait son latin! Parlons peu et parlons bien... Où en sommes-nous?

— Il s'agit de Cardinet?

— Et de qui diable veux-tu qu'il soit question?

— Depuis quinze jours, nous réalisons!...

— Ah! ah!

— La liquidation a été bonne... le patron avait fait de grosses pertes au jeu... les dépôts sont en partie *lavés*, et nous restons avec notre saint-frusquin...

— Qu'y a-t-il en caisse?

— Sept cent mille francs.

— Si nous tardons... nous pouvons être volés... il faut prendre un parti, et sauver la caisse...

— Comment?...

—. L'occasion est unique, demain peut-être Cardinet aura levé le pied ! — Depuis quelques jours, je l'observe, et je gagerais que le pied lui démange...

— Je suis prêt à faire ce que vous ordonnerez.

— Et tu ne feras pas mal... tu sais que je te tiens... tu es parti de Toulon, sans demander la permission à M. le commissaire, un si brave homme, et il me suffirait d'un mot au quart d'œil, pour te rendre à la gendarmerie, que ton départ à contrariée.

— Vous ne ferez pas cela.

— Je ne veux pas troubler un garçon qui est en train de revenir à de bons sentiments, et dont le concours m'est si utile.

— Qu'ordonnez-vous ?

— Rien pour le moment... à onze heures je déjeune à côté, avec ledit Charles Cardinet... et selon ce qui va se passer, vers deux heures, pendant qu'il sera à la Bourse, j'irai te trouver, et nous conviendrons de nos gestes.

— Est-ce tout?

— Non! il y a ce soir une première représentation aux Variétés... As-tu fait retenir les deux baignoires d'avant-scène que je t'ai demandées...

— Oui, mais ça n'a pas été sans peine.

— Pourquoi ?

— Vous savez que Brin-de-Tulle débute.

— Eh bien... ce n'est pas elle je suppose... qui va faire monter la cote de la Bourse...

— Détrompez-vous.

— Comment ?

— Elle a fait un coup.

— Quel coup ?

— Elle a loué d'avance toutes les loges de la galerie, et celles du foyer, et maintenant, c'est à elle ou à son représentant, M. Adolphe, qu'il faut s'adresser si l'on veut être placé.

— Tiens ! tiens ! ça n'est pas si bête... une fine mouche... que cette fille.

— N'est-ce pas ?

— Et tu as payé les baignoires ?

— Cinq cents francs...

Lombard fit un geste d'admiration sincère.

— Pas mal ! pas mal !... dit-il... elle ira loin, celle-là... Ce n'est pas comme l'autre.

— Quelle autre ?

— Assez causé !... Voici onze heures qui sonnent... Je n'ai que le temps d'aller retrouver ton patron... Je prends les devants : règle ce que nous devons avec ce billet de mille, que je te laisse, et, dans dix minutes, tu pourras filer à ton tour.

Lombard s'éloigna sur ces mots, descendit la rue Jean Tison, remonta dans son coupé, et se fit arrêter devant la porte de la rue du Louvre.

Un garçon vint l'y recevoir.

— M. Cardinet ? demanda alors le prince.

— M. Cardinet attend monsieur au numéro 4, répondit le garçon.

Et il l'accompagna jusqu'au cabinet désigné.

Il y avait un quart d'heure que l'ex-coulissier était arrivé... et il serait bien difficile de dire à quelles sombres réflexions il se livrait.

Évidemment, il était en proie à une agitation insolite, une sourde inquiétude pesait sur son esprit, et il se mit à se promener à travers le cabinet, comme le ferait une hyène dans une cage trop étroite.

Il allait, il revenait, pressant son front de ses doigts crispés, proférant des paroles incohérentes, l'œil hagard, le souffle haletant.

Quand il entendit Lombard monter l'escalier, ses sourcils se contractèrent, imprimant une expression hideuse à son visage, et une horrible imprécation tordit ses lèvres.

La porte s'ouvrit.

Lombard entra; il était heureux et paraissait de belle humeur.

Et pendant que le garçon servait, il alla à l'ex-coulissier et lui tendit la main.

— Ah! cela fait plaisir de se revoir sans témoin, et de pouvoir à son aise épancher son cœur dans le sein d'un véritable ami, dit-il, d'un ton enjoué. Sais-tu qu'il y a longtemps que cela ne nous était arrivé?

— Ne pouvais-tu venir chez moi? objecta Cardinet.

— Bon!... tu es trop pris par les affaires... Je ne

te le reproche pas... jour de Dieu ! il paraît que tu as marché... l'argent afflue dans tes coffres... la fortune te traite en enfant gâté, et c'est toujours un doux spectacle que celui de la vertu récompensée par le hasard.

Comme il finissait de parler, le garçon avait achevé le service et venait de se retirer.

Les deux hommes étaient seuls.

Une transformation subite s'opéra alors dans l'attitude et la physionomie de Lombard ; son œil s'injecta de sang, une fauve lueur en jaillit, et il s'empara des mains de son interlocuteur, par un mouvement plein de violence et de désordre.

— Cardinet ! dit-il d'une voix qui tremblait de colère, Cardinet, tu sais pourquoi je suis venu, n'est-ce pas ; pourquoi j'ai tenu à te parler seul et sans témoins ; et tu comprends qu'il faut que nous ayons ensemble une conversation décisive qui règle nos rapports diplomatiques, et ne laisse place à aucune obscurité pour l'avenir !

— Mais, je te jure !

— Je t'ai écrit de Venise, et tu ne m'as pas répondu. Je t'ai demandé de l'argent et tu m'en as refusé.

— Je n'en avais pas.

— Tu mens !

— Cependant...

— Tu mens, te dis-je ! il ne faut pas me la faire celle-là... et je ne puis admettre que tu me prennes pour un imbécile.

Cardinet baissa les yeux sous le regard de Lombard.

Ce dernier avala un grand verre de vin qu'il venait de se verser.

— Assieds-toi et écoute, reprit-il au bout d'un instant, et tâche surtout de retenir ce que je vais te dire.

VII

— Quand je t'ai retrouvé, il y a un an, qu'étais-tu? un pauvre petit coulissier qui barbottait dans un étroit sentier boueux qui t'aurait conduit un jour ou l'autre sur les bancs de la police correctionnelle. Un soir, je suis allé te trouver... j'avais une vieille molaire contre toi... mais je me sentais un faible pour tes défauts... Tu es joueur, débauché et lâche, mais tu es intelligent et tu ne parlementes pas long-temps avec les scrupules... J'aime ça... tu étais mon homme. Je t'ai apporté cinq petits cartons bleutés qui représentaient autant de centaines de mille francs, et toi qui végétais sur le trottoir de la finance, tu as pu escalader les larges escaliers de la Bourse.

— Crois bien que ma reconnaissance... balbutia Cardinet...

— Bon, c'est le vieux jeu, ne parlons pas de ça... Seulement, tu t'imagines bien que ce n'est pas pour tes beaux yeux que je me suis exposé à farfouiller dans les titres de la maison Dalbane, et j'entends que ton coffre-fort n'ait jamais de secrets pour moi.

— Pourtant, quand il n'y a rien.

— Je suis sévère, mais juste !... S'il n'y a rien, je ne me montrerai pas exigeant... mais à cette heure, je ne veux pas que tu me montes le coup.

— Comment ?

— Je sais, à un centime près, ce que tu as dans ta caisse.

— Qui te l'a dit ?

— Merlot.

— Mon caissier ?

Lombard haussa les épaules.

— Merlot n'est pas ce qu'un vain banquier suppose, répondit-il... il y a vingt ans que je le connais.

— Toi !

— Je l'ai rencontré dans l'infortune.

— Où cela... ?

— Sous la casaque jaune.

— Lui !

— Esprit distingué, facultés exceptionnelles, — c'est une nature !

— Un forçat !

— Ne méprisons personne... nous ne savons pas comment nous finirons. — Donc, Merlot, qui sait mieux que toi ce que tu as dans ta caisse, m'a affirmé qu'il te restait quelque chose comme un million.

— Sept cent mille francs ! rectifia vivement Cardinet.

— Sept cent mille francs, soit ! je ne prendrai pas tout, mais ce soir il m'en faut cinq cent mille.

— C'est mon honneur que tu demandes !

Lombard eut un petit gloussement.

— Ne forçons pas notre talent, répliqua-t-il ; on ne donne que ce qu'on a : ne me fais point esclaffer de rire ! Ce soir, après la représentation des Variétés, entre minuit et deux heures, tu me remettras la somme demandée ; il te restera deux cent mille balles pour ta part, et cela suffira à tes goûts modestes. Est-ce convenu ?

Et comme Cardinet se taisait :

— Est-ce convenu ? répéta Lombard, en frappant sur la table de son poing énergique.

Cardinet tressaillit... mais il continua de garder le silence.

Son interlocuteur se souleva à demi.

— Ah çà, prononça-t-il d'une voix dont il n'essaya même pas de contenir ou d'atténuer les éclats, est-ce que tu deviens sourd et muet à volonté, maintenant ? N'as-tu pas entendu ce que je viens de dire, ou ne veux-tu pas répondre à la demande que je t'adresse.

Cardinet était livide ; sa main tremblait ; un voile sombre semblait obscurcir sa vue.

— Quoi ? que veux-tu ?... balbutia-t-il, c'est impossible !...

— Tais-toi !

— Tu ne me laisses d'autre alternative que la
fuite.

— Il me faut mes cinq cent mille francs, te
dis-je.

— Si je te les donne... je suis ruiné... et je ne
puis...

Lombard proféra une effroyable imprécation.

— Assez, tais-toi !... grommela-t-il... Il est écrit
que je te retrouverai toujours le même... hésitant,
pusillanime et lâche !... ne sachant jamais prendre
une résolution... Eh bien !... attends !... Je vais te
rendre à toi-même, et t'insuffler un peu d'énergie
et de courage... Tiens ! regarde et écoute...

En parlant de la sorte, Lombard avait tiré de sa
poche une magnifique enveloppe de papier bulle, et
l'avait placée sous les yeux de l'ex-coulissier.

Ce dernier lut la suscription, et frissonna.

— Qu'est-ce que cela ? demanda-t-il effaré.

— Ça... c'est un poulet que j'adresse à M. le
procureur impérial, en son parquet, et dans lequel
je raconte quelques-uns des faits et gestes du
sieur Henry de Graçay-Chambrun, dit Charles Cardinet !...

— Ah ! tu n'enverras pas cette lettre.

— On y rappelle la petite histoire de miss Aurore
Stanley, le vol des trois cent mille francs du général, et certains faux connus de moi seul, dont j'offre

d'administrer la preuve aux magistrats qui désire-
raient la connaître.

— Lombard !

— C'est à prendre ou à laisser, mon bon... Si cette
nuit, entre minuit et deux heures, je n'ai pas la
somme... Merlot donnera un coup de pied jusqu'au
Palais-de-Justice...

— Mais c'est te perdre en même temps que
moi !...

Lombard haussa les épaules.

— Imbécile ! répliqua-t-il ; on ne me prend pas
comme ça sans vert, et tu le sais bien... Avant que
tu ne sois pincé, et que tu aies pu jaboter, j'aurai
filé quelques kilomètres — et puis, tu ne vois rien...
tu ne devines rien... la confiance te rend idiot, et tu
te balades au milieu de la capitale comme si tu n'a-
vais pas un dossier rue de la Barillerie.

— Qui le sait ! fit Cardinet avec un geste de
défi.

— Moi... d'abord... ce qui est quelque chose... et
puis un autre.

— Merlot ?

— Mieux que cela.

— Qui donc !

— Un jeune gentleman.

— Beverley !...

— Tu deviens perspicace.

— Quel intérêt ?...

Lombard eut un sourire singulier.

— Il est très-fort, ce paroissien, c'est moi qui le
déclare ; répondit-il... mais Bibi n'est pas né d'hier,

non plus; et il n'y a pas besoin de m'écraser l'orteil pour me faire ouvrir l'œil.

— Qu'est-ce donc que cet homme? interrogea Cardinet.

— Je t'avais déjà dit de t'en méfier!... c'est comme si j'avais parlé à une poule; moi, cependant, je n'ai pas cessé de l'observer depuis l'affaire de la ruelle, et sais-tu ce que j'ai découvert?...

— Parle...

— C'est ce que ce Beverley... était l'amant que miss Aurore Stanley venait retrouver à Paris... et que, depuis six années, il vit avec l'unique pensée de découvrir et de punir ses assassins!...

Cardinet jeta un cri.

Mais ce n'étaient pas les paroles de Lombard qui le lui avaient arraché... il venait de se dresser de son siège, et sa main convulsive s'était dirigée vers le fond du cabinet;

Il y avait là une porte donnant vraisemblablement sur un salon contigu et derrière laquelle un bruit s'était fait entendre.

Quelqu'un les épiait-il?

— Nous ne sommes pas seuls, murmura l'ex-coulissier en échangeant un regard avec Lombard.

Ce dernier s'était déjà précipité vers la porte qu'il avait ouverte par un geste violent et désordonné.

Elle donnait sur une alcôve et non sur un cabinet.

Lombard en fouilla tous les coins avec une âpre avidité, regarda sous le lit, et ne vit rien qui expliquât le bruit qu'ils avaient entendu.

4.

— C'est singulier, dit-il, comme se parlant à lui-
même... une erreur sans doute !

Et il revint pensif vers son compagnon.

— Après tout ! ajouta-t-il d'un ton décidé, que
nous importe ! nous touchons à l'heure des résolutions énergiques et promptes, il faut quitter Paris
au plus tôt, et je compte sur toi pour me payer mes
frais de route. Cette fois, j'espère que c'est bien
entendu.

— Je ferai ce que tu voudras, répondit Cardinet.

— A la bonne heure ! et comme nous n'avons
plus rien à faire ici, nous allons tirer nos guêtres et
jouer la *Fille de l'air* !

Cardinet n'opposa aucune objection, et quelques
minutes après, le cabinet était vide.

Un garçon entra alors et se mit en devoir de
desservir; mais il avait à peine enlevé quelques
menus objets, quand un fait bizarre se passa.

L'alcôve était restée ouverte, et il put voir au
pied du lit une porte s'ouvrir silencieusement dans
la cloison et un homme avancer la tête avec précaution.

Le garçon savait certainement que cet homme
était là, car dès qu'il l'aperçut, il lui envoya un
signe d'intelligence.

— Ils sont partis ? demanda le mystérieux personnage.

— Depuis un moment... répondit le garçon.

— Ils n'ont rien dit en sortant ?...

— Rien de rien.

— C'est bien !...

Le garçon s'inclina.

— Alors, monsieur est content de moi, dit-il avec un sourire obséquieux.

— Tout à fait content ! et je tiens à te le prouver... Je t'avais promis dix louis pour prix de ta complaisance... je veux doubler la somme puisque nous avons réussi.

— Monsieur me comble...

— La personne que j'attends, est-elle arrivée ?

— Un homme est venu tout à l'heure, qui a demandé M. Beverley ; je l'ai fait attendre dans un cabinet, afin de m'assurer, avant de l'introduire, que M. Cardinet et son compagnon étaient bien partis.

— Tu es intelligent et tout est pour le mieux ; tu vois que je suis seul, tu peux faire entrer.

— Ce fut l'affaire d'une seconde.

Le garçon sortit et reparut immédiatement après, précédant l'homme dont il venait de parler.

C'était Adolphe.

Dès qu'il se vit seul avec ce dernier, Beverley alla à lui.

— Je t'attendais avec impatience, lui dit-il ; as-tu fait tout ce que je t'avais demandé ?

— Ça n'a pas été précisément facile, répondit Adolphe, seulement, monsieur a une manière de traiter les affaires, qui permet de lever bien des obstacles.

— Enfin ?

— J'ai donc trouvé un cocher ; il consent à nous

livrer son fiacre pour cette nuit, moyennant trois cents francs.

— Après !

— Après, j'ai embauché deux de mes amis, — l'un prendra les guides à neuf heures du soir, pendant que l'autre montera dans la voiture, on ne peut pas dire que celui-là brille par une distinction excessive; mais il existe à Paris des établissements où on peut louer à la nuit redingote, paletot, pantalon et gilet, et mon homme sera tout à fait présentable; de plus, c'est un roublard, et il n'y a pas de danger qu'il fasse des sottises; les cinq cents francs que je lui ai promis sont là, d'ailleurs, pour le maintenir dans le bon chemin. Il ne reste plus qu'à lui dire ce qu'il y a à faire.

— Je t'ai donné quelques-unes de mes instructions. Ce soir, je les compléterai... tu n'as pas oublié la loge que je t'ai demandée pour le début de Brin-de-Tulle.

— A cinq heures, j'irai vous la remettre.

— A cinq heures donc, nous prendrons les dernières dispositions... As-tu vu Ninoche?

— Je viens de chez elle, rue Mogador, 8, entre cour et jardin.

— Elle consent à te céder son appartement pour cette nuit?

— Sans hésitation !.., Le prix que j'ai mis à la location l'a décidée tout de suite.

— Et elle ne se doute de rien...

— Ninoche?... elle s'en garderait bien !... S'il s'agissait de Brin-de-Tulle, je ne serais pas aussi tranquille... et c'est elle qui aurait essayé de nous faire *chanter*.

— Dès lors, il me semble que tout est prévu, je réfléchirai encore du reste, si quelque incident inattendu se produisait pendant cette nuit, tu auras le numéro de la loge où je me trouverai, et tu viendras me prévenir.

— Ce sera fait.

— A ce soir donc.

— A ce soir.

Comme on le voit, bien des événements se préparaient pour cette nuit où Brin-de-Tulle allait faire son apparition dans la pièce nouvelle que donnait le théâtre des Variétés.

VIII

L'histoire nous apprend qu'au moyen âge, industries, professions, dignités, tout était, à Paris, localisé de manière à ne permettre aucune confusion, ni aucun mélange possible ; et l'on a pu être autorisé à croire que, grâce à la Révolution française, ces distinctions, qui s'imposaient, même par le costume, avaient disparu à jamais dans le nouvel état social qu'elle a créé.

Il n'en est rien.

De même que les ordonnances d'Henri II n'avaient pas réussi à proscrire certaines manifestations qui tendaient à confondre toutes les classes de la société, les édits somptuaires de la première République ont échoué dans leur volonté de les provoquer, et la mode, cette institution éminemment française, est restée plus puissante que toutes les institutions politiques.

On a modifié, transformé la capitale ; c'est à peine si, à part quelques monuments que l'art recommande à l'admiration et au respect de tous les âges, il reste encore quelques vestiges du vieux Paris, et pourtant en dépit du niveau d'uniformité égalitaire que l'on tente d'imposer aux choses et aux idées modernes, vous retrouverez dans le Paris d'aujourd'hui, sous un autre aspect, mais avec non moins d'affirmation, la même localisation voulue qui témoigne surabondamment des mêmes répulsions pour le mélange et la confusion.

La promiscuité qui s'établit aux heures de nuit sur les boulevards confirmerait, par l'exception, ce que nous avançons, et s'il nous fallait une preuve plus typique encore, nous la recueillerions de la situation que présentent les différents théâtres de la capitale au point de vue de la clientèle particulière qui les fréquente.

Sans doute, le succès attire indistinctement toutes les classes de la société ; nul ne songe à discuter avec sa curiosité quand il s'agit d'une œuvre nouvelle d'Augier ou de Dumas, de Labiche ou de Barrière, de Meilhac et Halévy ou de Sardou : mais en dehors de ces solennités qui se recommandent par un intérêt tout à fait exceptionnel, qu'observe-t-on dans la plupart des salles de spectacle de la capitale ?

Chacune d'elles a sa clientèle spéciale qui s'est recrutée peu à peu de contingents particuliers, attirés par des considérations multiples où se combine à doses presque égales tout ce qui exerce une action plus ou moins directe sur telle ou telle fraction du public. Le quartier, les artistes, les aménagements de la salle, le genre que l'on y représente... certains mystères d'attraction qui échappent à l'analyse... que sais-je!

Cela est difficile à préciser peut-être, mais il est acquis pour tout Parisien que le public du Gymnase n'est plus celui du Vaudeville, que les habitants de l'Opéra-Comique ne connaissent pour ainsi dire l'Opéra que de nom, qu'enfin le peuple de l'Ambigu-Comique n'a aucun lien de parenté avec celui de la Porte-Saint-Martin.

De tous les théâtres de Paris, celui qui, à ce point de vue, s'impose plus particulièrement à l'observateur, c'est sans contredit le théâtre des *Variétés.*

La position topographique, les pièces qu'on y joue, les artistes éminents qui composent le personnel de sa troupe, constituent autant d'attractions qui exercent leur puissance sur les promeneurs étrangers ou autochtones.

C'est, d'ailleurs le boulevard le plus fréquenté de la capitale.

Pendant le jour, les encombrements de voitures y sont permanents, et l'on serait tenté de croire que c'est en cet endroit que se donnent rendez-vous les cochers en quête de passants à écraser.

Quand vient le soir, le tableau change.

Les cafés illuminent leurs terrasses, le théâtre allume son cordon de gaz, et la circulation s'accentue, incessamment alimentée par quatre affluents tumultueux qui s'appellent la rue et le faubourg Mont-

martre, le passage Jouffroy et le ¦passage des Panoramas.

Dès huit heures, il s'établit sur les trottoirs pa-
rallèles un va-et-vient, un mouvement, un grouille-
ment dont aucune ville au monde ne saurait présenter l'équivalent. Toutes les nationalités, toutes les
conditions, tous les âges y sont représentés. C'est la
Bourse du plaisir, faisant pendant à la Bourse des
affaires, qui se tient à quelques mètres plus loin,
boulevard des Italiens.

Les *Variétés* profitent évidemment des fluctuations
qui se produisent dans leurs environs.

On sort de chez Brébant ou de chez Bonnefoy, de
chez Riche ou de chez Bignon ; l'affiche jaune aux
majuscules noires resplendit sous les feux des becs
de gaz ; vous y lisez les noms aimés de Dupuis, de
Pradeau, de Berthelier ou de Léonce, et vous fran-
chissez gaîment le macadam !

A de certains jours, les couloirs du rez-de-chaussée et ceux du premier étage s'imprègnent tout à
coup de parfums pénétrants qui participent à la fois
de la poudre de riz et du gardenia... on y perçoit un
doux bruit de petits pieds furtifs mêlé au frou-frou
du linge sous les robes de soie... c'est discret en
même temps que provocant... et, inconsciemment,
la lèvre s'ouvre pour aspirer cette atmosphère chargée de principes capiteux.

C'est le théâtre boulevardier par excellence et si,
pendant les loisirs de l'entr'acte, vous allez vous ac-
couder sur la marge de son balcon de pierre, vous

comprenez tout de suite que la principale artère de
la capitale passe à vos pieds.

C'est bien, en effet, le cœur même de Paris, où la
vie se concentre jusqu'à la pléthore, où le sang se
précipite jusqu'à l'apoplexie !

Le début de Brin-de-Tulle devait avoir lieu dans
une pièce de Meilhac et Halévy, musique d'Offenbach.

Dès le matin, il s'était fait un tapage énorme autour de cette première représentation et de ce début,
et tout Paris avait été invité par la presse à se rendre, le soir, sur le boulevard Montmartre.

Cela avait pris immédiatement les proportions
d'un événement.

Offenbach était alors dans tout l'épanouissement
de son talent, et l'on savait par expérience que chacune des batailles livrées par les deux jeunes auteurs des paroles se terminait presque invariable-
ment par un grand succès.

A ces causes d'attraction, bien suffisantes déjà,
s'ajoutait la curiosité que provoquait le début de
Brin-de-Tulle. Curiosité toute parisienne, qui s'ex-
pliquait par le genre de notoriété qui s'attachait à
la jeune femme, et aussi par la position de fortune
de son protecteur.

Brin-de-Tulle était sincèrement émue.

Pour elle, c'était une grosse partie qu'elle allait
engager. Jusqu'alors elle n'avait figuré que sur les
planches de l'*Eldorado*, et le public n'avait pu la
juger qu'à travers l'épaisse fumée du tabac et l'âcre
parfum des consommations.

Tout au plus avait-on pu remarquer les admirables lignes de ses belles épaules, et la cambrure de son pied d'enfant.

Mais ce soir-là, elle devait paraître devant un public composé de la fine fleur des gilets à cœur, et sous les transparences calculées d'un costume de gaze, elle allait livrer à tous les regards certains détails exquis de son corps charmant.

Brin-de-Tulle ne dédaignait pas les applaudissements qui s'adressaient à son talent, mais elle leur préférait de beaucoup le succès de jolie femme qu'elle ambitionnait d'obtenir.

Aussi était-elle arrivée de bonne heure, accompagnée de son coiffeur et de son costumier, et c'est d'un pas plus inquiet qu'impatient, qu'elle avait pénétré dans le sombre couloir qui s'ouvre passage des Panoramas, et donne entrée aux artistes.

Que de fois le public naïf ne s'est-il pas arrêté devant ces mots inscrits sur la porte qui dérobe à l'imagination les mystères du théâtre :

Entrée des artistes !

C'est le seuil d'un monde à peine entrevu à travers les éblouissements du rêve, vers lequel un courant mystérieux, favorisé par l'art moderne lui-même, entraîne les âmes altérées de fantaisie et de liberté, et où chacun espère rencontrer un idéal formé d'attractions hybrides qui relève à la fois de l'esprit et des sens !

L'endroit n'a cependant rien d'attrayant, du moins dans son aspect extérieur.

Vu de près, l'envers d'un théâtre est littéralement hideux et presque repoussant.

Des murs revêtus d'une double couche de poussière et de fumée, des décors éraillés ou lacérés, une atmosphère chargée de gaz délétères qui pèsent lourdement sur la poitrine!

Vous avancez en tremblant le long de corridors sombres, sur un plancher éventré pour les besoins des trucs, menacé par les portants poudreux, fouetté par les fils qui pendent des cintres, coudoyé par les machinistes, les garçons d'accessoires ou les pompiers!... et c'est à peine si votre regard parvient à distinguer les objets à travers le va-et-vient fiévreux au milieu duquel vous êtes engagé.

Tout à coup, dans le couloir du fond, un jet de lumière vous frappe au visage... une baie s'ouvre à votre droite, et vous regardez!

C'est le magasin aux accessoires!

Pandémonium banal où vont se remiser tous ces oripeaux indescriptibles qui sont la base de la figuration! fouillis inextricable où le préposé est seul capable de se reconnaître.

Ici, la robe et la perruque du tabellion qui, naguères, mariait le jeune premier avec l'ingénue; là, les habits des soldats du guet, ou les costumes à paillettes des *seigneurs sans importance*. Rien n'y manque; vous y retrouverez encore le sceptre et la couronne d'Agamemnon, le tonnerre de Chalcas, les

casques des carabiniers... et peut-être, en cherchant
bien, la vertu de Boullotte !

Pourquoi qu'j'l'aurions pas comme les autres,
   Puisque ça doit s'tirer au sort.

Jusque-là, toutefois, l'aspect des *Variétés* offre à
peu près les mêmes apparences que les autres théâtres de la capitale.

Mais, arrivé à l'extrémité de ce couloir dont nous
venons de parler, et après avoir gravi les quelques
marches de l'escalier, on se trouve au seuil du
foyer, et le lieu vaut bien qu'on s'y arrête, ne fut-ce
que pour jeter un coup d'œil sur les portraits qui
en ornent les murs.

C'est en quelque sorte l'histoire-musée de ce
théâtre, et le visiteur éprouve un vif plaisir à con-
templer en passant les traits de ces artistes du rire
qui ont amusé nos pères ou nous ont divertis nous-
mêmes : Pottier, Odry, Vernet, Rebard, Lassagne,
Grenier, individualités fantaisistes ou fantasques
qui, chacune pour sa part, a contribué puissamment à l'expansion de la gaieté et de l'esprit fran-
çais !...

Il y avait plus d'une heure que Brin-de-Tulle s'é-
tait enfermée dans sa loge; tout entière aux soins
du maquillage, elle ne s'était pas aperçue que le
temps s'écoulait rapidement, et que le lever de rideau était déjà plus d'à moitié joué.

A ce moment, on frappa à la porte de la loge.

— Qui est là ?... demanda la jeune femme qui, les

épaules nues et le corps à peine couvert d'un peignoir de mousseline transparente, continuait d'estomper légèrement ses paupières...

— C'est moi... Sosthène... répondit le jeune millionnaire.

— Eh bien... j'en suis fâchée !... vous ne pouvez entrer.

— Pourquoi ?

— Parce que je m'habille donc... et que je suis à peine vêtue.

— Cependant, vous n'êtes pas seule...

— Par exemple !

— J'entends des pas d'homme.

Brin-de-Tulle s'épanouit en un rire sonore.

— Mais c'est Auguste et Firmin, le coiffeur et le costumier !... répondit-elle.

— Eh bien !

— Eh bien, est-ce que ça compte ? vous êtes absurde... Voyons, allez vous-en... dans cinq minutes vous reviendrez.

— J'avais pourtant des choses intéressantes à vous dire.

— Vrai !

— Parole d'honneur !

— Ça n'est pas une frime ?

— Vous verrez.

— Entrez... alors... et surtout, ne me donnez pas de distractions.

La porte s'ouvrit et Sosthène entra.

IX

La loge de Brin-de-Tulle était semblable, dans ses proportions, à celle des autres artistes du théâtre, et elle ne se distinguait tout au plus que par un aménagement particulier, auquel la jeune femme avait présidé elle-même, et qui témoignait de ses habitudes de comfort et de luxe.

Un petit divan occupait le fond de la loge... une grande glace de Venise en paraît l'un des côtés, et la toilette, enveloppée de gaze et de dentelles, était encombrée de tous les flacons, de toutes les poudres, de toutes les eaux dont les femmes de théâtre font usage pour peindre et émailler leur visage.

Savon de gardénia, poudre de riz, essences régénératrices, rien ne manquait ; Brin-de-Tulle, assistée du costumier et du coiffeur, surveillait toute chose avec un soin minutieux, et son art ingénieux

et savant se manifestait jusque dans les moindres
détails.

Ainsi qu'elle l'avait dit, elle n'était pas habillée
encore ; sous le peignoir de mousseline qui l'en-
veloppait, un maillot de couleur grise accusait ses
formes adorables.

Sosthène lui baisa la main, et alla s'asseoir sur le
divan.

— On n'entre pas encore, n'est-ce pas ? demanda
la jeune femme, en noircissant légèrement ses sourcils bruns.

— Le lever du rideau n'est pas joué ! répondit
Sosthène ; on n'arrivera guère que dans une heure...

— D'où venez-vous ?

— J'ai dîné au cercle.

— Et vos amis ne manqueront pas à la solennité ?

— Je le crois bien... c'est une fureur ! Adolphe,
que j'avais prévenu, a dû faire une recette exceptionnelle : Précourt et Sancé ont payé leur fauteuil,
chacun vingt-cinq louis ; Saint-Briac s'est associé à
Derville et ils n'ont pu avoir qu'une loge de foyer.
Danfort sera aux baignoires de droite avec Didine...
Desclair aux baignoires de gauche, avec Bebelle...
Il y aura les sœurs Drouard à l'avant-scène, et Ninoche avec Cardinet en pleine loge de face... On dit
aussi que mademoiselle Dalbane assistera à la représentation.

— Avec le Lubiroff ?

— Je ne crois pas.

— Pourquoi ?

— Il me semble qu'ils sont en froid... peut-être à la veille d'une rupture.

— Tiens ! tiens !... Qui vous a dit cela ?

— Personne... mais j'ai un indice.

— Lequel ?

— C'est Adolphe qui s'est coupé.

— Ah !

— Saint-Clair... vous savez, le petit secrétaire d'ambassade à qui son père vient de laisser une fortune de dix millions...

— Parfaitement, je le connais.

— Eh bien, il avait voulu louer l'avant-scène du rez-de-chaussée, qui porte le numéro 3.

— Je vois ça d'ici.

— Et comme ni au théâtre, ni dans les agences, on n'avait pu lui procurer ladite loge, il s'est adressé à Adolphe, qui en était détenteur, et lui a offert... devinez ?

— Mais je ne sais pas...

— Dites tout de même... C'est curieux.

— Mille francs ?

— Cinq billets de mille... ma chère !

Brin-de-Tulle jeta un petit cri.

— Quelle folie, dit-elle ; que voulait-il donc faire de cette loge ?

— On prétend, au cercle, qu'il est amoureux fou de l'une des artistes qui jouent ce soir dans la nouvelle pièce.

— Vraiment... qui ça ?

— Le jeune diplomate est très-discret, il ne l'a dit encore à personne.

5.

— Voilà qui est rare !

— N'est-ce pas ?

— Et qu'a répondu Adolphe à cette offre princière ?...

— Adolphe a été antique !... il a refusé !

— La loge était louée déjà.

— Précisément; les numéros 1 et 3 à la même personne.

— Lubiroff... peut-être ?...

— Vous y êtes...

Brin-de-Tulle s'était levée...

— C'est étrange, en effet, dit-elle au bout d'un instant... et je suis curieuse de savoir...

Elle n'acheva pas.

On venait de frapper à la porte.

— Qui est là ? demanda-t-elle une seconde fois en rajustant son peignoir.

— C'est une lettre et une carte que l'on apporte pour mademoiselle Brin-de-Tulle, répondit une voix de l'extérieur.

Sur un signe de la jeune femme, le coiffeur alla ouvrir la porte, et reçut la carte et la lettre annoncées qu'il s'empressa de déposer sur la toilette.

— Sosthène !... fit alors Brin-de-Tulle, en donnant un dernier coup d'œil à son opulente chevelure... ouvrez donc ce billet, je vous prie... et dites-moi ce qu'il contient.

Sosthène obéit... et il eut à peine ouvert la lettre qu'il courut à la signature.

Il fit un mouvement.

— Qu'avez-vous?... dit Brin-de-Tulle, qui l'observait du coin de l'œil.

— Le dernier mot du mystère!.. répondit Sosthène en souriant; je sais maintenant de qui Saint-Clair est amoureux.

— Vous voulez me faire poser!... répliqua la jeune femme, dont les joues se couvrirent d'une vive rougeur.

— Lisez vous-même!...

— Que dit-il?...

— Il offre de doubler vos appointements, ce qui les porterait à cinquante mille francs.

Brin-de-Tulle tendit les mains au jeune homme.

— C'est à vous cependant que je dois tout cela! dit-elle d'un ton qui voulait être ému.

— Dites que c'est à votre beauté et à votre talent, répartit Sosthène; vous m'avez rendu plus que je vous ai donné.

— Nous n'en sommes pas à préparer notre balance.

— Qui sait?

— Est-ce que vous en voulez à Saint-Clair?

— Pas encore.

— Vous n'êtes pas jaloux, au moins?

— Fi donc!...

— Dictez-moi vous-même la réponse qu'il faut faire à cette proposition.

Sosthène se prit à sourire.

— Voulez-vous sérieusement me croire, mon enfant?... — reprit-il au bout de quelques secondes.

— Mais, sans doute..

— Saint-Clair vous offre cinquante mille francs...

— C'est vous qui le dites...

— Eh bien!... attendez quelques heures avant de répondre...

— Pourquoi ?

La jeune femme venait de rejeter le peignoir de mousseline qui couvrait ses épaules, et elle apparaissait maintenant sous son maillot gris-perle, dans toute la splendeur de sa beauté plastique.

Sosthène l'enveloppa un moment du regard.

— Parce que, avant la fin de la soirée, répondit-il, je suis sûr, en vous voyant ainsi, que le jeune candidat aura doublé ses offres !

Brin-de-Tulle allait répliquer, mais à ce moment un grand mouvement se produisit dans les couloirs et l'escalier voisin s'emplit d'un bruit tumultueux.

Le lever de rideau venait de finir ; elle n'avait plus que le temps rigoureusement nécessaire pour achever sa toilette.

— Voyons ! voyons ! dit-elle vivement, vous allez me laisser maintenant !

Sostène se leva.

— Quand vous reverrai-je ? demanda-t-il.

— Mais... ce soir... après le spectacle.

— Vous ne répondez donc pas à Saint-Clair ?

— Je suivrai votre conseil, mon ami... et je remettrai ma réponse à demain, puisque mon cœur et mon intérêt trouvent leur compte à ce qu'il en soit ainsi !

Sosthène lui baisa les mains, et gagna les coulisses.

Rien ne saurait donner une idée exacte du tableau que présentait en ce moment la scène des Variétés.

C'était une cohue, une confusion, une agitation sans pareille.

L'équipe des machinistes avait pris possession du théâtre et posait le décor et les praticables du premier acte... Au milieu de la scène, des groupes de choristes et de figurants s'étaient formés et l'on y causait avec animation des chances de succès ou de chute de la pièce nouvelle, tandis que le régisseur allait et venait, d'un portant à l'autre, affairé, troublé, profondément ému !...

Les jours de *première,* nul ne se désintéresse, et il n'est pas d'appoint si infime qui ne semble appelé à concourir à l'effet à produire.

Un mot, une attitude, un geste, une grimace, rien n'est perdu pour le public exceptionnel de ces solennités, et le triomphe final de la soirée est dû bien souvent à l'ensemble d'effets disparates, quelquefois opposés, qui se condensent et se fusionnent sans que ceux qui les produisent en aient conscience.

Ce soir-là, suivant une expression consacrée, tout le monde était donc sur le pont, et en attendant que les trois coups sacramentels fussent frappés, chacun, à tour de rôle, allait jeter un coup d'œil sur la salle qui commençait à se remplir.

Le spectacle, de ce côté, n'était ni moins curieux ni moins intéressant.

La foule se distribuait peu à peu aux fauteuils d'orchestre et à la galerie ; bon nombre de loges étaient déjà occupées par certaines jeunes femmes qu'on est toujours sûr de rencontrer dans les solennités de ce genre, et de temps à autre un mouvement s'opérait, annonçant l'apparition de quelque notoriété appartenant aux lettres, au journalisme, ou tout simplement à la vie militante du boulevard.

On avait déjà signalé l'arrivée des principaux rédacteurs de journaux parisiens : peu après, s'étaient présentés, un à un, tous les martyrs de la critique.

Puis, enfin, les lorgnettes se braquèrent attentives et émues, épiant quelque célébrité de la veille ou du jour, le dernier favori de la Bourse, le romancier à la mode, l'héroïne du plus récent scandale !

De tous les incidents promis à la curiosité générale, c'était peut-être celui que l'on espérait avec le plus d'impatience, et il ne se fit pas longtemps attendre.

Quelques minutes, en effet, avant que l'orchestre eût fait entendre les premières mesures de l'ouverture, deux faits se produisirent qui firent passer comme un frisson sur cette assemblée si impressionnable.

Deux loges s'étaient ouvertes presque en même temps — la loge 28 et la loge 24 — et l'on avait vu apparaître dans la première mademoiselle Herminie Dalbane, accompagnée de Beverley, et dans la seconde, Gontran d'Epernon, seul, le visage pâle, le front préoccupé et sombre.

Beverley s'était arrêté sur le seuil... tandis que Herminie, resplendissante de diamants et de dentelles, s'avançait, le regard assuré, la lèvre dédaigneuse semblant défier tous les commentaires, par son attitude presque provocante.

Du premier coup d'œil, elle avait remarqué la présence de Gontran... mais elle ne parut pas y prendre garde, et ayant dégrafé sa *sortie*, elle la passa à Beverley, et s'assit sur le devant de la loge, présentant au public les splendeurs marmoréennes de ses belles épaules.

— Gontran est là ! dit-elle à voix basse comme un souffle, en se penchant à l'oreille de Beverley.

— Je le sais, répondit ce dernier.

— Alors il ne se doute de rien?

— De rien, soyez-en certaine.

Herminie fit un demi-tour sur elle-même, et promena sa lorgnette sur la salle.

— Tiens, dit-elle au bout d'un instant, voici Cardinet avec Ninoche !... — Eh ! qu'a-t-elle donc, cette petite ? comme elle est pâle et comme elle vous regarde !...

— Moi ?...

— Est-ce qu'elle me ferait l'honneur d'être jalouse?...

— Allons donc !...

Herminie leva les épaules, mais presqu'aussitôt elle se prit à tressaillir.

— Qu'avez-vous ? interrogea Beverley?

— Là... voyez! dans l'avant-scène du rez-de-chaussée... j'ai cru reconnaître...

— Lubiroff?

— Précisément.

— Cela doit être. Adolphe m'en avait prévenu. Il fait bien de se donner quelques heures de plaisir, car lui non plus ne se doute pas de ce qui va se passer.

— Qu'est-ce donc?

— Rien... rien... Je vous expliquerai cela... On vient de frapper les trois coups... le chef d'orchestre lève son archet... écoutons l'ouverture!

X

Herminie ne s'était pas trompée, c'était bien le prince Lubiroff qu'elle avait vu ; il était arrivé aux dernières minutes, et, après avoir remis son paletot à Paul ou à Louis, les deux préposés du côté des numéros impairs, il avait pénétré dans l'une des deux avant-scènes qu'il avait louées.

Un moment, son regard s'était promené dans la salle avec une curiosité indifférente, puis il releva le treillage de la loge, et se rejeta dans un fauteuil.

Des *chut* nombreux s'étaient fait entendre ; un silence profond s'était établi ; l'ouverture commençait.

Moment solennel ! pendant lequel, si désintéressé que l'on soit, le cœur se prend à battre, comme au voyageur qui, pour la première fois, mettrait le pied dans un pays inconnu et vierge.

Celui qui n'a pas assisté à de pareilles soirées, pourra difficilement comprendre ce spectacle exceptionnel de la représentation d'une œuvre nouvelle. Parmi ces hommes et ces femmes que le hasard rassemble, il en est bien peu qui ne soient depuis longtemps blasés sur ce genre d'émotion ; la plupart sont indifférents, quelques-uns même viennent là avec des sentiments de jalousie ou d'envie, ceux-ci craignant un succès, ceux-là espérant une chute ; — mais dès que la bataille est engagée, à peine les premiers mots ou les premières notes passent-ils recueillis au milieu de l'attention générale, qu'un miracle semble tout à coup s'accomplir ; il s'établit presque instantanément un courant magnétique sur cette foule intelligente et particulièrement accessible aux beautés de l'art, quel qu'il soit, et ainsi se trouvent expliqués les enthousiasmes ou les sévérités qui ont accueilli souvent des œuvres qui ne méritaient ni tant d'honneur ni tant d'indignité !

MM. Meilhac et Halévy sont peut-être les deux auteurs dramatiques qui, jusqu'à présent, ont livré le plus de batailles importantes dans les temps modernes ; leur œuvre est considérable, elle se recommande par une étude constante, ingénieuse autant que spirituelle des mœurs parisiennes, et ce qui restera de leur théâtre sera recherché dans l'avenir par les historiens, curieux d'y retrouver les éléments de reconstitution d'une société qu'ils n'auront pas connue.

Il serait injuste, du reste, de ne pas faire, dans les succès retentissants qu'ils ont obtenus, la part

du compositeur, qui leur a si souvent prêté son concours, et l'on séparera difficilement le nom de Jacques Offenbach de ceux de Meilhac et Halévy.

Nous n'avons pas besoin de dire que la pièce qui
se jouait, ce soir-là, n'intéressait à aucun degré le
prince Lubiroff.

Il avait bien autre chose en tête.

Lui aussi se trouvait engagé dans une partie terrible, et le front dans la main, les yeux fermés, il
supputait les chances qui lui restaient.

Il attendait Merlot.

L'honnête caissier l'avait quitté au sortir du dîner,
et s'était rendu chez Cardinet.

Ce dernier devait, selon leur convention du matin,
lui compter vers minuit une somme de cinq cent
mille francs, avec laquelle il avait résolu de gagner
l'étranger.

Mais depuis, il avait réfléchi, et, à tout hasard, il
venait d'envoyer Merlot, rue de la Chaussée-d'Antin,
avec mission de prendre les cinq cent mille francs
qui se trouvaient, le matin encore, dans la caisse de
l'ex-coulissier.

Une fois le coup fait, et pendant que Cardinet
s'oubliait dans les distractions de l'opérette, il comptait prendre le train du Havre qui partait à minuit
de la gare Saint-Lazare.

Il y avait une heure que Merlot l'avait quitté : il
ne pouvait tarder à revenir.

Donc, il attendait, et nous pouvons même ajouter
que le bruit qui se faisait autour de lui, les rires,
les applaudissements qui accueillaient chaque cou-

plet ou chaque saillie, tout cela lui causait un aga-
cement, une irritation qui, peu à peu, insensiblement, finissait par agir sur ses nerfs.

Enfin, au bout de trois quarts d'heure, un tonnerre d'applaudissements éclata sur la salle, toutes
les mains battirent avec frénésie, et cinq cents voix
s'élevèrent pour rappeler les principaux artistes qui
avaient figuré dans le premier acte.

Lombard bondit de sa place, arraché à sa redoutable rêverie, et plongea son regard autour de
lui.

Un éclair !...

Car, au même instant, la porte de l'avant-scène
s'ouvrit, et Merlot se précipita dans la loge.

— Ah! enfin!... s'écria Lombard, en allant à sa
rencontre... Toi! c'est toi!... Qu'as-tu fait?...

— Plus bas! plus bas! fit le caissier en mettant
un doigt sur ses lèvres.

Lombard haussa les épaules, et montra la salle
d'un geste rapide.

Le tumulte était à son comble... Chacun quittait
sa place pour aller respirer dans les couloirs, sous
le péristyle ou sur le boulevard... Il résultait de ce
mouvement un bruit assourdissant, au milieu duquel il était difficile de s'entendre.

— Voyons... parle! qu'as-tu fait? répéta Lombard, dont l'œil s'éclairait d'impatientes lueurs.

Merlot remua la tête.

— Ce que j'ai fait, répondit-il; eh bien, ça n'a pas
été long.

— La caisse...

— Il n'y avait plus rien !

— Et l'argent... les sept cent mille francs ?

— Disparus !

— Qui les a volés ?

— Vous le demandez ? c'est Cardinet, parbleu !

— Lui !

— Il va peut-être se gêner.

— Mais il n'a donc pas peur que je le dénonce... que je l'envoie au bagne... à la guillotine ?...

Merlot cligna de l'œil.

— Pour ce qui est d'avoir le *trac*... répliqua-t-il... c'est précisément là, au contraire, ce qui l'a poussé à cet acte d'indélicatesse.

— Comment ?...

— Eh ! sans doute... vous ne pouvez pas honnêtement lui reprocher d'avoir eu la même idée que vous.

— Explique-toi...

— Voici ce que j'ai compris aux quelques indiscrétions que j'ai recueillies.

— Voyons...

— Menacé par vous ce matin, craignant de manquer le coup qu'il prépare depuis quelque temps, il a résolu de se voler lui-même, et de filer avec la caisse, comme vous en aviez formé le projet de votre côté.

— Alors, il va partir ?

— Je le suppose.

— Cette nuit ?

— Le plus tôt sera le meilleur !...

Lombard promena ses ongles irrités contre la cloison de la loge.

— Et il croit que je le regarderai faire ! grommela-t-il en grinçant des dents ; il espère que je ne tenterai pas de me mettre en travers de son chemin... mille millions de tonnerre !

Merlot chercha à le calmer du geste.

— Ça... c'est légitime... insinua-t-il, et la plus stricte morale vous en donne le droit... d'ailleurs, je viens de flairer un nouveau mystère ; et quoique je n'aie pu encore l'éclaircir, je suis autorisé à croire que le départ de Cardinet ne s'opérera pas sans difficulté ?

— Que veux-tu dire ? interrogea Lombard en dardant ses yeux sur son compagnon.

— En quittant la maison tout à l'heure, répondit ce dernier, j'ai causé avec le concierge.

— A quoi bon ?

— Eh !.... il ne faut pas dédaigner ces humbles fonctionnaires... c'est lui qui m'a dit que M. Cardinet allait probablement partir en voyage, et ça... je l'aurais bien deviné tout seul... mais ce qu'il a ajouté, m'a paru plus significatif.

— Qu'est-ce donc ?

— Dans la soirée, il a vu rôder quelques mauvaises figures sur le trottoir... une ou deux fois, on est venu lui demander si le banquier était rentré ; enfin, quand je suis sorti moi-même, j'ai bien vu que l'on me suivait.

— La *rousse* ? murmura Lombard avec un frisson.

— Ça se reconnaît tout de suite...

— Qu'est-ce que cela veut dire ?

— Je n'en sais rien.... mais il est certain qu'il y a quelque chose.

— Tu as raison. Et puis... il faut voir... si Cardinet doit partir cette nuit, nul doute qu'il ne porte sur lui la somme qu'il a dérobée, et dans ce cas...

— Que faut-il faire ?

— Tu vas aller te placer auprès de sa loge ; grâce à la confusion qui règne de tous côtés, il est facile de surveiller un homme sans qu'il s'en doute ; tu ne le quitteras pas de l'œil, tu l'arrêteras sous un prétexte quelconque s'il tente de s'éloigner, et de mon côté, quand je le verrai sortir, je ne serai pas long à aller le rejoindre.

— Est-ce tout ?

— Pour le moment ; s'il survenait quelque incident, tu en serais averti... va !

Merlot s'éloigna et gagna le premier étage, à travers la cohue qui encombrait les couloirs.

Chose bizarre ! aux Variétés, les jours de *première*, dans les entr'actes, ce n'est pas au foyer que l'on va chercher l'air et l'espace, pour se grouper et parler de la pièce nouvelle... C'est dans les couloirs engorgés que l'on stationne, au milieu d'un remous incessant de promeneurs, dont les flots pressés vous soulèvent et parfois vous enserrent jusqu'à vous étouffer.

Il y a au premier étage un endroit où le corridor s'élargit et communique par deux portes sur le double escalier qui monte du péristyle ; l'une de ces deux portes se trouvait précisément en face de

la loge occupée par Cardinet, et Merlot alla s'y
adosser, bien certain que, de là, il pourrait, sans
être dérangé, exercer sa surveillance sur l'ex-coulissier.

Quelques minutes s'écoulèrent...

L'entr'acte tirait à sa fin. La sonnette s'était fait
entendre, les groupes commençaient à se dissiper,
chacun retournait à sa place; et bientôt, le caissier
se trouva seul dans le promenoir.

Seul, nous nous trompons !

Car à ce moment même, Merlot fit une remarque
singulière.

Dans l'angle de la seconde porte, un mystérieux
personnage avait pris place depuis quelques secondes, et son regard, ardent et fixe comme celui
du caissier, s'était, pour ainsi dire, attaché à la loge
de Cardinet.

— Décidément, il y a quelque chose!... se dit
Merlot, qui ne put se défendre d'un certain tressaillement.

Et alors, une idée lui traversa l'esprit.

A n'en pas douter, l'inconnu qui était là était un
agent de la sûreté qui avait reçu l'ordre de filer
l'ex-coulissier. Peut-être s'agissait-il d'une arrestation imminente, et si, comme le supposait Lombard, Cardinet résolu à fuir portait sur lui les sept
cent mille francs qu'il avait dû soustraire à sa
caisse, il y avait un coup à faire avant que la police
ne lui mît la main au collet.

Merlot prit à peine le temps de réfléchir, et quittant la place, il se précipita vers l'escalier dans l'in-

tention d'aller prévenir Lombard de ce qui se passait.

Comme il descendait les premières marches, il se croisa avec un spectateur, attardé sans doute, qui faillit le renverser en le heurtant avec violence.

— Prenez donc garde! fit Merlot, d'une voix irritée.

— 24... le n° 24! répondit l'homme sans songer même à s'excuser.

Et il passa comme un trait se dirigeant vers la première ouvreuse qu'il aperçut.

Ses traits étaient décomposés, son œil hagard; il avait la tête nue et les cheveux en désordre.

— 24! le numéro 24! répétait-il.

— Avez-vous le coupon? interrogea l'ouvreuse.

— Quoi?... Que dites-vous?... C'est mon maître que je demande...c'est au vicomte d'Épernon que je veux parler à l'instant... tout de suite... par grâce...

L'ouvreuse ne fit pas d'autre objection et alla à la loge désignée qu'elle ouvrit.

L'homme qui la suivait, est-il besoin de le dire? — c'était Martial!

XI

La porte de la loge s'était ouverte, et Gontran s'était retourné.

Dès qu'il eut reconnu Martial, il se dressa de sa place et se précipita dans le couloir.

— Toi!... cria-t-il. Toi! Quel malheur viens-tu m'apprendre?

— Ah! enfin! c'est vous, répondit Martial, la gorge serrée; si vous saviez...

— Parle! parle!

— Attendez!... j'étouffe... j'ai besoin d'air...

— C'est de Réjane qu'il s'agit?

— Pauvre demoiselle!

— Qu'est-il arrivé?

Ce colloque rapide s'échangeait entre les deux hommes avec des éclats de voix qui avaient excité de nombreuses réclamations dans la salle.

Gontran saisit le bras du garde, qui jeta un cri.

— Qu'as-tu donc ? demanda-t-il, en remarquant qu'il pâlissait.

— Si ce n'était que ça... répondit Martial... Rien... Une égratignure...

— Tu es blessé ?

— Légèrement... au bras.

— Ah ! viens ! viens ! allons au foyer... nous y serons seuls... et nous pourrons...

Les deux hommes escaladèrent l'escalier qui mène au foyer.

Une fois là, ils s'assirent sur un divan et Gontran reprit ses questions.

— Voyons maintenant, dit-il, je t'écoute, — j'attends... Tu vois dans quelle horrible inquiétude je me trouve !... Explique-toi.

— Voici, dit Martial. — Il y a une heure au plus que cela s'est passé. J'étais rue de Varenne, chez le général... M. de Graçay s'était retiré dans sa chambre et il venait de s'endormir profondément, quand je redescendis au rez-de-chaussée, où se tient d'habitude mademoiselle Réjane.

— Eh bien !

— Elle était assise à sa petite table de travail, et brodait — et, tout en brodant, elle songeait à bien des choses, et surtout, j'en suis sûr, à la lettre que vous avez écrite ce matin au général pour lui demander la main de sa fille.

— Elle savait cela.

— Le général était si heureux de la demande ; il

avait tant hâte de savoir si mademoiselle Réjane
acceptait de devenir vicomtesse d'Épernon qu'il
n'avait pu y tenir, et avait tout dit.

— Et qu'a répondu Réjane?

— Je crois que la réponse a été bonne, car j'ai
rarement vu M. de Graçay de si bonne humeur.

— Après... après...

— J'étais donc revenu au salon... parce que,
voyez-vous, quoique l'on soit bien vieux, on n'est
pas tout à fait aveugle, et j'avais remarqué que l'enfant désirait causer.

— Avec toi?

— Précisément.

— De quoi?

— Eh! de vous, donc!... et je vous assure que
pendant une bonne demi-heure j'ai eu à répondre à
toutes sortes de petites questions, qui étaient quelquefois bien un peu indiscrètes, et me mettaient jo-
liment dans l'embarras.

— Enfin...

— Oui... Vous avez raison! Enfin, comment vous
dire? Pendant notre conversation, il y a un nom qui
était revenu à plusieurs reprises, et à chaque fois
j'avais entendu un gros soupir soulever la poitrine
de l'enfant.

— Quel était ce nom?

— M. Henry.

— Son frère?

— Oui.

— Elle eût voulu l'associer à sa joie, il manquait
à son bonheur, le malheureux!

— C'est ce qu'elle pensait sans doute, mais que faire ! Sa tête travaillait et son cœur avait des soubresauts douloureux. C'est alors que la chose est arrivée.

— Quoi.

— Une voiture s'est arrêtée à la porte ; je suis allé ouvrir, et un homme que je ne connais pas m'a remis une lettre pour mademoiselle Réjane.

— De qui était cette lettre ?

— Quand l'enfant l'a eu parcourue, elle est devenue pâle comme une morte, et elle me l'a donnée à lire.

— Que contenait-elle ?

— Voyez vous-même.

Gontran prit le billet qu'on lui tendait et le dévora des yeux.

« Réjane, ma bonne petite Réjane, c'est moi qui t'écris et qui viens faire appel à ton cœur, quelque indigne que je sois d'une pareille mission. Mais je n'ai pas tout à fait oublié le passé. Je me rappelle combien de fois tu m'as parlé de ton frère, et avec quelles larmes tu as pleuré sur lui. Eh bien ! je viens de le voir ; il est ici, et il tend vers toi ses mains suppliantes. Si tu as conservé quelque souvenir de l'amitié profonde qu'il t'a toujours portée, n'hésite pas, viens le trouver. Il est désespéré, il parle de mort et de suicide ! et il espère que tu l'aideras à obtenir son pardon d'un père justement irrité.

» Ne parle point de ceci au général ; fais-toi accompagner par Martial, qui vous est si dévoué à

6.

tous, et ne tarde pas surtout dans la résolution que
tu vas prendre.

» Pauvre chère Réjane, je t'envoie tout mon cœur,
avec les tendresses de notre amitié d'autrefois.

» H. D. »

— Infamie ! murmura Gontran après avoir lu ;
c'était une abominable ruse... et Réjane, qu'a-t-elle
fait ?

— Elle n'a pas eu une minute d'hésitation, répondit Martial ; on lui parlait au nom d'un malheureux
qu'elle a toujours aimé, malgré son indignité... et
d'ailleurs, j'étais là prêt à la protéger, et elle savait
que je ne la quitterais pas.

— Eh bien ?

— Nous sommes partis. Elle monta dans le fiacre ;
je m'assis à ses côtés, et le cocher fouetta les chevaux. Au commencement, tout alla bien... J'avoue
que je n'avais pas la moindre appréhension... Je
n'ignorais pas que M. Henry était à Paris, et son
désir de voir sa sœur me semblait bien naturel ! La
voiture allait toujours... et je ne m'inquiétais pas de
la direction qu'elle avait prise, quand tout à coup,
un choc violent se produisit, le fiacre se mit à oscil-
ler, et nous versâmes sur le trottoir : je sautai dehors, et j'aidai mademoiselle Réjane à en faire autant. Heureusement elle n'avait eu aucun mal.

Nous étions dans les Champs-Élysées, au beau
milieu d'une avenue latérale : le cocher jurait,
l'homme qui l'accompagnait paraissait vivement
contrarié de ce contre-temps. Nous avisâmes au plus

pressé. Chacun se mit à l'œuvre, et aidés de deux individus qui étaient accourus je ne sais d'où, nous parvînmes à relever la voiture.

Le cocher remonta alors sur son siége; mademoiselle Réjane reprit sa place à l'intérieur, et comme je me disposais à la suivre à mon tour, quatre bras vigoureux me saisirent par le milieu du corps et me serrèrent à m'étouffer.

— Si tu bouges!... tu es mort!... me dit un de ces deux hommes.

Et je vis briller dans sa main la lame d'un poignard.

Mais je ne suis pas facile à effrayer, je fis un effort surhumain, et pendant que l'un des misérables me labourait le bras avec la pointe de son arme, j'envoyais rouler l'autre à dix pas...

Seulement, quand je voulus m'élancer vers le fiacre, il avait disparu au galop, dans la direction du faubourg Saint-Honoré !

— Et qu'as-tu fait?

— Courir après la voiture... était inutile... je n'eus plus qu'une pensée, c'était de venir à vous, et de vous raconter la chose... je suis allé rue de la Chaussée-d'Antin... on m'a dit que vous étiez ici... et me voilà.

Gontran baissa le front, en proférant une sourde imprécation...

— Encore... dit Martial, si l'on connaissait l'auteur de ce guet-apens !

Gontran eut un éclair dans les yeux.

— Ah! je le connais, moi!... dit-il, comme en une

exclamation de rage... et celui-là... celui-là !... Il aura ma vie ou j'aurai la sienne.

— Qu'allez-vous faire?

— Pauvre Réjane !... tout le sang de cet homme suffira à peine à châtier son odieuse action...

Il n'acheva pas.

Des rires venaient d'éclater dans la salle, un brouhaha s'était élevé de toutes parts à la chute du rideau, et le deuxième entr'acte commençait.

Il se leva.

— Où allez-vous? interrogea Martial.

— Ne me quitte pas! répondit le vicomte... J'aurai peut-être besoin de toi.

— Mais mademoiselle Réjane...

— Eh ! de qui veux-tu que je m'occupe, si ce n'est d'elle?

Il sortit du foyer et descendit au premier étage.

Comme il en atteignait les dernières marches, il remarqua Beverley qui était arrêté avec Adolphe.

Tout son sang reflua vers son cœur, et un voile passa devant ses yeux.

Beverley souriait aux paroles qu'Adolphe murmurait à son oreille.

Gontran eut l'intuition de ce que ces deux hommes se disaient... Pour lui, cela n'était pas douteux... Ils s'entretenaient de Réjane.

Il se tourna vers Martial.

— Connais-tu cet homme? lui dit-il, en désignant Adolphe.

Matial fit un mouvement.

— Mais c'est lui, répondit-il avec force.

— Plus bas !

— C'est cet homme qui m'a remis la lettre de mademoiselle Herminie.

— Je m'en doutais.

— Ah ! je vais...

Adolphe avait-il entendu... ou sa mission était-elle terminée ?

Ce qu'il y a de certain, c'est qu'avant que Gontran n'eût fait quelques pas encore, il avait disparu mêlé aux flots des spectateurs qui sortaient.

Mais il savait où le reprendre... et il alla au plus pressé.

Beverley était maintenant devant lui, accompagné de Sancé, Précourt, Saint-Clair et quelques autres jeunes gens.

Ils riaient... et répétaient les mots drôles de la pièce, en cherchant à imiter l'accent de Dupuis ou de Léonce, de Berthelier ou de Kopp.

Gontran mit brusquement la main sur l'épaule du gentleman — qui s'arrêta.

— Vous avez à me parler ? — dit-il sur un ton singulier.

— Oui, monsieur, répondit Gontran, et je n'ai pas à vous apprendre, je suppose, le sujet dont je veux vous entretenir.

— Cependant...

Dès les premiers mots, les jeunes gens qui accompagnaient Beverley, et qui étaient tous des amis du vicomte, pressentirent qu'il allait se passer quelque chose de grave, et ils échangèrent un regard rapide.

— Eh bien! continua Gontran, puisque vous hé-
sitez à me répondre... je viens vous demander raison
de l'odieuse action que vous avez commise.

— Moi?...

— Ah! n'ajoutez pas le mensonge à l'infamie.

— Monsieur!

— Est-ce clair; cela suffit-il ou faut-il se livrer à
quelque violence qui stimule votre lâcheté?

Beverley pâlit, mais il se contint; — puis, se tournant vers Sancé et Precourt :

— Messieurs, leur dit-il, vous voudrez bien, n'est-ce
pas, accepter d'être mes seconds, et vous entendre
avec les témoins de M. le vicomte d'Epernon.

De son côté, Gontran s'était adressé à Saint-Clair :

— C'est un duel à mort! Vous entendez, mon ami,
lui dit-il d'une voix acérée, il faut que cette rencontre
ait lieu dans le plus bref délai!... demain matin.

— Mais la nuit est déjà bien avancée! objecta
Saint-Clair.

— Allez trouver Sosthène... abouchez-vous avec
lui, pendant le dernier acte... vous avez le temps de
régler cette affaire; est-ce convenu?...

— Puisque vous le voulez.

— Oui, mon ami, je le veux !... et c'est un des
plus grands services que vous m'aurez jamais rendus.

Gontran serra, sur ces mots, la main du jeune
homme, et il s'éloigna à la recherche d'Adolphe.

Mais il atteignait à peine l'escalier, quand il entendit son nom murmuré par une voix de femme.

Il se retourna vivement.

XII

C'était Ninoche.

Elle était livide.

Son sein se soulevait avec des bonds désordonnés; sa lèvre avait des contractions nerveuses : on eût dit qu'une lueur de folie éclairait son regard.

— Monsieur Gontran? supplia-t-elle.

— Ninoche... fit le vicomte, en faisant un mouvement pour descendre la première marche de l'escalier.

— Ah! ne partez pas!

— Que me voulez-vous?

— J'ai à vous parler.

— A quel propos?

Ninoche comprima sa poitrine de ses deux mains frémissantes.

— Vous le demandez? répondit-elle... mais j'étais là... j'ai tout entendu...

— Quoi ?

— Vous avez provoqué Beverley...

— C'est vrai !

— Vous allez vous battre avec lui !

— Demain... Après ?...

La jeune femme tordit ses bras par un geste désespéré.

— Mon Dieu ! dit-elle... mon Dieu ! Je voulais douter encore... mais cette rencontre... pardonnez-moi. Vous n'ignorez pas l'intérêt que je vous porte, monsieur Gontran... ·

Gontra serra la main de Ninoche et esquissa un sourire.

— Oui, je sais, mon enfant, répondit-il, je vous remercie et je vous suis bien reconnaissant, croyez-le... mais d'autres préoccupations me réclament en ce moment, et il faut que je vous laisse...

— Attendez... je voulais vous dire...

— Hâtez-vous alors.

— C'est que j'ai cru deviner la cause de votre querelle... et si c'était...

— Expliquez-vous...

— Vous vous rappelez l'autre soir, à la Maison-d'Or, je vous ai parlé du danger que courait une personne...

— Mademoiselle de Gracay !...

— C'est cela. .

— Eh bien ?

— Eh bien... depuis, il s'est passé une chose... qui peut-être se rapporte à ce que nous avons dit...

— Comment ?

— Hier, Adolphe est venu me trouver.

— Que vous voulait-il?

— Je ne sais qui l'envoyait vers moi; mais savez-vous ce qu'il m'a demandé?

— Achevez!...

— Il m'a demandé de lui céder mon appartement pour cette nuit.

— Lui!... lui!... Adolphe!

Et un frisson brûla la chair de Gontran.

— Ah! tout s'éclaire, en effet! s'écria-t-il... Cela doit être, cela est!... Voyons! voyons... à votre tour, mon enfant, connaissez ce que l'on vient de m'apprendre... Il y a une heure, mademoiselle de Graçay a été enlevée...

— Que dites-vous?

— Martial l'accompagnait, et rien ne devait faire prévoir une catastrophe... mais, chemin faisant, un incident préparé avec une habileté infernale, a séparé mademoiselle de Graçay de son protecteur, et à cette heure...

— Ah! plus de doute alors... interrompit Ninoche, c'est chez moi qu'on l'a conduite... Venez! venez!

Ninoche avait déjà pris le bras de Gontran, et allait l'entraîner vers le vestibule, quand un homme se plaça tout à coup devant elle et l'empêcha d'avancer.

C'est un homme d'une cinquantaine d'années, le visage austère, l'allure magistrale et ferme.

— Pardon, mon enfant, dit-il à la jeune femme, — mais j'ai quelque chose à vous dire...

II   7

— A moi?

— Vous êtes bien mademoiselle Ninoche?

— Sans doute !

— En ce cas, veuillez m'accorder quelques secondes d'entretien.

Et comme Ninoche semblait consulter Gontran et lui demander ce qu'il convenait de faire, l'inconnu se tourna vers le vicomte.

— Je prie monsieur d'Épernon de m'excuser, ajouta-t-il à voix basse et d'un ton de mystère, ce que je réclame, j'aurais le droit de l'exiger, et j'espère que vous ne voudrez pas entraver l'action de la justice... Je suis commissaire de police du quartier.

Gontran demeura interdit, et comprit tout de suite qu'il n'y avait pas à résister.

D'ailleurs, le magistrat, avec cette résolution calme et froide que donne l'habitude des fonctions dont il était investi, s'était déjà, pour ainsi dire, emparé de Ninoche, et l'avait entraînée dans cette partie du couloir qui ouvre sur le double escalier et d'où l'on pouvait apercevoir la loge occupée par Cardinet.

Le commissaire reprit aussitôt :

— Vous êtes la maîtresse de M. Charles Cardinet? dit-il d'un ton plus net et plus ferme.

— Oui, monsieur, répondit Ninoche, effarée et tremblante.

— Depuis combien de temps?

— Depuis quelques mois.

Le commissaire remua la tête :

— Voyons, mon enfant, dit-il, reprenez votre calme; ce n'est pas à vous que nous en avons, et je ne suppose pas que vous ayez à encourir aucune responsabilité dans les faits qui sont relevés à la charge de votre amant. Toutefois vous pouvez nous prêter un utile concours dans la circonstance présente, et j'espère que vous ne nous le refuserez pas.

— Mais je ne sais rien ! balbutia Ninoche.

— Je ne prétends pas vous demander le secret de Cardinet; son affaire est assez claire, et n'offrira, je crois, aucune obscurité... mais, il y a autre chose.

— Quoi donc?

— Regardez !

— Où?

— Dans la loge... vous voyez, n'est-ce pas... que Cardinet n'est pas seul.

— En effet.

— Un homme est avec lui, qui est entré depuis que vous êtes sortie.

— Je le vois.

— Et le reconnaissez-vous?

Ninoche fit un mouvement.

— Si je ne me trompe, poursuivit le magistrat, on appelle ce personnage le prince Lubiroff.

— C'est bien lui... Oui... c'est le prince...

— Vous en êtes sûre.

— Oh! parfaitement sûre.

— Et savez-vous aussi quelle loge il occupe !... mes hommes l'ont cherché partout et n'ont pu le découvrir.

Ninoche sourit.

— Je vais vous dire, répondit-elle... le prince a loué une avant-scène du rez-de-chaussée, afin de ne pas être vu...

— C'est parfait... et cette avant-scène?

— Oh ! je la connais bien, elle porte le numéro 1 ou 3.

Le magistrat fit un geste satisfait.

— Cela suffit, dit-il, et maintenant, écoutez-moi bien, et faites surtout ce que je vais vous dire... vous allez rentrer dans la loge de Cardinet, dès que le prince en sera sorti.

— Que va-t-il donc se passer? interrogea Ninoche anxieuse.

— Rien... dont vous puissiez vous inquiéter... Seulement, composez votre visage... redevenez souriante et gaie, et que Cardinet ne se doute de rien... il ne faut pas faire de scandale, et tout doit s'accomplir sans désordre ni collision.

— C'est que... balbutia la jeune femme, j'aurais bien voulu...

— Reprendre votre conversation avec M. le vicomte d'Épernon.

— C'est cela.

— Eh bien... vous le pourrez faire dès que la représentation sera finie.

— Pas avant?

— A aucun prix... et je ne vous cacherai pas que votre intérêt est engagé à ce que tout se passe comme je l'ai dit.

Ninoche ne répondit pas...

Après quelques secondes de silence, elle gagna la loge de Cardinet, dont l'ouvreuse s'empressa de lui ouvrir la porte.

Au même instant, sur un signe presque imperceptible du commissaire, un homme était venu le trouver.

Le magistrat se pencha à son oreille.

— Tu as bien vu le particulier qui est entré là, dit-il à voix basse comme un souffle.

— Parfaitement, répondit l'agent.

— C'est lui !

— Le prince ?

— Le prince ou Lombard — il va sortir — tu le suivras... peut-être tentera-t-il de gagner le boulevard en passant par le péristyle, mais nos hommes sont là, et comme c'est un paroissien qui a du flair, il y a lieu de croire qu'il battra en retraite et retournera à sa loge pour y attendre la fin du spectacle... Tu ne le perdras pas de vue, et tu t'incrusteras dans les environs de l'avant-scène qu'il occupe. — Est-ce compris ?

— Fiez-vous à moi...

— Attention... le voici qui sort... plus un mot, ni un geste... nous ne nous sommes jamais vus !

Lombard sortait en effet de la loge de Cardinet. Son visage était radieux ; il avait relevé le col de son paletot... mais ses deux yeux brillaient comme deux escarboucles.

Il descendit rapidement au rez-de-chaussée, et rencontra Merlot.

— Eh bien ! fit ce dernier.

— C'est fait... répondit Lombard.

— Vous avez les 700,000 francs.

— Ça été dur... mais je l'ai menacé... j'ai été éloquent... et ma foi... j'ai le magot... maintenant, il ne s'agit plus que de se donner un coup de jardin intelligent...

Et déjà Lombard se dirigeait vers le péristyle, quand son compagnon l'arrêta.

— Qu'y a-t-il ? fit Lombard avec un bien mauvais regard...

Peut-être l'idée lui était-elle venue que le caissier voulait profiter de l'occasion pour le faire *chanter*.

Merlot se prit à sourire.

— Il y a, répondit-il... qu'il ne serait pas prudent, je crois, de sortir par ce côté.

— Pourquoi ?

— On a posté là quelques figures que j'ai déjà entrevues dans mes rêves...

— La *mouche* ?

— Toujours.

— Diable !...

— Aussi, mon humble avis est de regagner tout bêtement notre loge... d'avaler le troisième acte... et d'attendre que la foule nous protége à la sortie.

Lombard réfléchit un moment.

— Ton humble avis a du bon, dit-il au bout d'une minute, mais j'ai mieux que cela !

— A quoi songez-vous ?

— Nous allons regagner notre loge.

— Et après ?

— Après!... après... tu vas voir,... comme ça se joue... et tu m'en diras des nouvelles.

Lombard accompagna ces mots du petit gloussement qui lui était familier... et se dirigea à pas rapides vers l'avant-scène n° 3.

La sonnette s'était fait entendre, annonçant la fin de l'entr'acte.

Chemin faisant Lombard rencontra Saint-Clair, avec qui il échangea un salut et quelques paroles banales.

Saint-Clair accompagnait M. Chavannes, le sympathique administrateur du théâtre, qu'il avait prié de lui ouvrir la porte de communication, afin qu'il pût aller entretenir Sosthène d'une mission très-grave dont il s'était chargé.

Lombard recueillit leur conversation avec un vif intérêt, et il vit là la chance qu'il cherchait. Mais, en même temps, il s'aperçut qu'un homme le suivait, et un simple regard lui suffit pour reconnaître, en cet homme, un agent de la police.

Il devina tout, et comprit que c'était à lui que l'on en voulait,

Son parti fut vite pris.

Il envoya un signe impérieux à Merlot, et comme la porte de la loge venait de s'ouvrir, il opéra une poussée sur la foule qui engorgeait l'étroit corridor, et l'agent, pris dans le remous énergique qui se produisit, pénétra avec Lombard et le caissier dans l'avant-scène.

Ce fut l'affaire d'un instant, quelque chose de rapide et de foudroyant comme l'éclair.

Merlot ferma la porte d'un coup de pied, et Lombard prit l'agent à la cravate.

Il y eut un commencement de lutte.

Mais cela fut court, et dura à peine le temps de l'écrire.

L'agent jeta un cri qui se confondit dans le brouhaha général, et presque aussitôt le cri s'étrangla dans sa gorge, que Lombard étreignait de ses griffes puissantes.

— Garrotte-lui les menottes ! mets-lui un bâillon ! dit ce dernier à Merlot... Ça nous donnera dix minutes au moins, et c'est plus qu'il ne nous en faut pour nous évanouir. Merlot !... si le cœur t'en dit, tu me retrouveras à Baden-Baden, hôtel des Princes.

Et il disparut.

Comme il faisait irruption dans le couloir, la porte qui met la salle en communication avec la scène allait se refermer ; il la repoussa vivement et sauta d'une enjambée sur le théâtre.

Saint-Clair s'était retourné un peu surpris.

Lombard ébaucha son plus humble sourire :

— Pardon, cher monsieur, dit-il en s'inclinant, mais, si vous le voulez bien, j'ai quelques mots à dire dire à Brin-de-Tulle, et je vous serai obligé de me permettre de vous accompagner.

Saint-Clair répondit par une phrase banale, et continua son chemin, suivi de près par son obséquieux compagnon.

XIII

Le rideau allait se lever sur le troisième acte.

La scène présentait en ce moment un tableau dont pourraient se faire difficilement une idée ceux qui n'ont jamais foulé les planches d'un théâtre.

En apparence, le désordre était à son comble.

Artistes, figurants, choristes, allaient et venaient, affairés, émus, échangeant des mots rapides, des saillies inattendues, provoquées par le succès.

Le plus fort était fait... Le triomphe semblait assuré : on eût dit que l'on n'allait jouer le troisième acte que pour mémoire.

Les auteurs commençaient à respirer.

Meilhac qui, d'ordinaire, s'agite inquiet et nerveux dans le couloir du fond, se hasardait jusqu'aux premiers portants, où se tenait son collaborateur Halévy, plus calme ou plus maître de lui.

7.

L'horizon se dégageait... l'attitude alerte de ceux qui les entouraient témoignait, mieux que le reste, du succès de la pièce. D'ailleurs, à chaque instant, quelque ami accourait de la salle pour leur serrer la main et les féliciter.

Une communication électrique s'était pour ainsi dire établie entre les artistes et les spectateurs. Les moindres sensations du public étaient recueillies avidement par tous ces infortunés, qui en attendent la fortune, la gloire ou simplement la notoriété.

Seule, Brin-de-Tulle conservait encore une émotion relative.

Les deux couplets qu'elle avait chantés avaient été couverts de chaleureux applaudissements, et elle ne gardait aucune inquiétude sur ce point.

Mais il restait le troisième acte !...

Et c'est dans cet acte qu'elle avait à produire le costume sur l'effet duquel elle comptait.

Elle allait et venait sur la scène, sourdement agitée, enveloppée dans une longue mante de soie fourrée d'hermine qui descendait jusque sur ses petits pieds, chaussés de cothurnes.

Tout à coup, au détour d'un portant, elle se trouva en présence de Saint-Clair.

Elle devint rouge comme une cerise, et, de son côté, le jeune secrétaire d'ambassade ne put se défendre d'un trouble naïf.

Mais les deux jeunes gens reprirent bien vite possession d'eux-mêmes.

— Pardon, ma chère enfant, dit Saint-Clair; je connais peu les détours du théâtre, et je suis doublement heureux de vous rencontrer en ce moment.

— Vous attendez quelqu'un? interrogea Brin-de-Tulle, en souriant avec une pointe de malice.

— Je cherchais Sosthène... répondit le jeune gentilhomme ; mais je ne cherche plus rien, puisque je vous ai trouvée.

— Vraiment.

— Oserai-je vous demander si vous avez reçu ma lettre?

— Certainement, que je l'ai reçue...

— Ne comptez-vous pas y répondre?

— Il faut toujours répondre à une lettre...

— Et ce sera bientôt?

— Demain !

— Au moins, ne pouvez-vous pas dès à présent... me faire connaître...

Brin-de-Tulle plongea son regard dans les yeux de Saint-Clair, et, par un mouvement qui ne semblait nullement préparé, comme si elle eût voulu donner un dernier coup d'œil à certains détails secrets de son costume, elle entr'ouvrit légèrement la mante qui tombait de ses épaules, et apparut dans la nudité à peine voilée de son maillot gris-perle.

Saint-Clair fit un geste et laissa échapper un cri d'admiration.

Ç'avait été un éblouissement; la mante un moment entr'ouverte s'était refermée aussitôt, et Brin-de-Tulle souriait maintenant, pour montrer ses dents éclatantes et saines.

Saint-Clair ne fut pas maître d'un premier mouvoment ; il s'empara de ses mains et l'attira contre sa poitrine.

Brin-de-Tulle se dégagea doucement.

— Ne me désespérez pas!... supplia Saint-Clair avec une flamme dans les yeux.

— Eh! je n'en ai point envie!... repartit la jeune femme... mais il faut être sage... on nous regarde... Voyez!... et puis, Sosthène doit être par là...

— Vous me répondrez demain !

— Je vous le promets...

— Et vous voulez bien...

Brin-de-Tulle mit rapidement un doigt sur ses lèvres.

— Chut! fit-elle, voici celui que vous cherchiez... Je vous laisse ensemble...

Sosthène de Simier n'avait rien perdu de la petite scène qui venait de se jouer à quelques pas de lui, et il ne parut pas qu'il en eût conçu le moindre dépit.

Il s'avança vers Saint-Clair, le sourire aux lèvres, et la main tendue.

— Je suis content de vous voir, lui dit-il ; car je crois que nous avons à causer.

Saint-Clair eut un instant d'embarras... mais il prit bien vite son parti, et serra la main qu'on lui tendait.

— J'ai, en effet, à vous parler... répondit-il... Seulement le sujet est plus sérieux que vous ne pouvez le supposer.

— Vraiment...

— C'est pour vous rencontrer, que je suis venu.

— A quel propos?

— Il s'agit d'un duel.

— Oh! oh!... et quels sont les adversaires?

— Beverley... et Gontran.

— Diable, vous avez accepté d'être témoin de Gontran.

— C'est cela, et le vicomte a pensé que vous ne refuseriez pas non plus de lui servir de second.

— Il a eu raison. Gontran est le plus honnête et le plus loyal des hommes : je suis honoré de la confiance qu'il me témoigne.

Tout en parlant ainsi, les deux jeunes gens s'étaient éloignés.

Le régisseur faisait faire place au théâtre; on allait frapper les trois coups, ils gagnèrent l'escalier qui conduit aux loges d'artiste.

— Ne restons pas ici, dit Sosthène; il faut que nous causions à notre aise, et si vous le voulez bien, nous irons nous réfugier dans la loge de Brin-de-Tulle.

Saint-Clair se retourna vivement à cette proposition.

— Cela vous déplaît? fit Sosthène sur un ton légèrement ironique.

— Pas le moins du monde, répliqua Saint-Clair; seulement...

— Quoi donc?

— Il me semblait!...

— Il me semble à moi, tout naturel, qu'à titre de futur locataire, vous examiniez les lieux avant d'en prendre possession.

Saint-Clair regarda son interlocuteur pour s'assurer qu'il était sincère.

Sosthène souriait toujours.

— Est-ce que vous m'en voulez? demanda le jeune secrétaire d'ambassade.

— Moi! se récria Sosthène, allons donc... j'arrivais à fin de bail, vous êtes venu à point pour m'éviter l'ennui d'une rupture... Voilà tout ce que j'y vois!...

— J'aime mieux cela.

— Alors, nous allons chez Brin-de-Tulle?

— Je me souviendrai de votre courtoisie, mon cher ami... et nous parlerons quelquefois de vous, Brin-de-Tulle et moi!

Les deux jeunes gens montèrent en riant l'escalier et pénétrèrent dans la loge.

— Ainsi, reprit bientôt après Sosthène, vous dites que l'affaire est sérieuse?

— Au dernier point!

— Vous ne pensez pas alors qu'elle puisse s'arranger?

— Il n'y faut point songer.

— Connaissez-vous le motif de la querelle?

— Je ne crois pas que Gontran soit disposé à en faire la confidence.

— C'est délicat.

— Le vicomte paraît résolu, il m'a parlé d'un duel à mort, et rien ne le fera revenir à des sentiments plus calmes.

— Quels sont les témoins de Beverley?

— Précourt et Sancé.

— Et quand devons-nous nous voir ?

— Après le spectacle... il est convenu que nous souperons chez Brébant...

Sosthène garda un moment le silence.

— Voilà qui est singulier... dit-il... je savais que Gontran et Beverley étaient en froid, mais j'étais loin de me douter... Savez-vous, mon cher ami, qu'il se passe depuis quelque temps des choses bizarres dans notre monde parisien.

— Et vous pouvez ajouter, je crois, que nous touchons à des événements qui nous étonneront davantage encore.

— Qu'est-ce donc ?

— Pendant l'entr'acte, tout à l'heure, j'ai entendu circuler de bien vilains bruits...

— Comment cela?...

— On me disait que le théâtre était peuplé d'agents de police.

— Vraiment! il s'agit sans doute de quelque arrestation importante ?

— On citait même des noms!

— Est-ce un mystère, que vous ne pouvez pas révéler?

— Nullement.

— De qui s'entretient-on ?

— De Cardinet, d'abord.

— Et ensuite?...

— Du prince Lubiroff...

Sosthène releva la tête.

— Eh bien!... dit-il, voilà un événement qui ne me surprendra que médiocrement.

— Pourquoi ?

— Parce que ces deux hommes ne m'inspiraient qu'une confiance limitée ; le Lubiroff surtout.

— Le connaissez-vous ?

— Fort peu... Seulement, Beverley m'en avait parlé souvent ; il paraissait lui porter une haine profonde, et je ne serais pas étonné qu'il fût pour quelque chose dans cette arrestation.

— Quelle idée !

— Pensez-en ce que vous voudrez, mais Beverley m'a dit de lui des choses... qui expliqueraient surabondamment une intervention de sa part.

Saint-Clair allait répliquer, quand un bruit tumultueux s'éleva des couloirs, et vint interrompre brusquement leur conversation.

Ils se levèrent d'un même mouvement, et se précipitèrent vers la porte.

Plusieurs artistes et un grand nombre de figurants qui ne jouaient pas en ce moment s'étaient groupés à quelques pas du foyer et causaient avec une vive animation.

On assurait que Charles Cardinet venait d'être arrêté et qu'un agent de police avait été trouvé à moitié étranglé dans l'avant-scène louée au prince Lubiroff.

Sosthène et Saint-Clair s'empressèrent de se mêler aux groupes pour apprendre comment les choses s'étaient passées.

Or, au moment où ils quittaient la loge, un fait se produisit, qui les eût fort surpris s'ils avaient pu en être témoins.

Il y avait, au fond de la loge de Brin-de-Tulle, une alcôve sombre, fermée par une porte à deux battants, et dans laquelle on cachait tous les oripeaux dont l'artiste n'avait point à faire usage.

Sosthène et Saint-Clair avaient à peine disparu, que l'alcôve s'ouvrit doucement sous la pression d'une main inquiète ou timide, et qu'un homme apparut dans l'entrebaillement de la porte, les sourcils contractés, l'œil injecté de sang, le visage couvert d'une pâleur de suaire...

· C'était Lombard !

Son regard se promena un moment, farouche et troublé, autour de lui, et quand il fut bien certain qu'il n'y avait plus personne, il avança hors de sa cachette, et proféra un long soupir qui ressemblait à un rugissement.

— Beverley ! gronda-t-il, c'est lui qui nous a dénoncés ! lui ! — ah ! il n'a qu'à bien se tenir, celui-là... et s'il me passe jamais par les pattes !...

Il n'acheva pas...

Le tumulte extérieur venait de cesser. Il supposa que tout le monde était en scène; que, par conséquent, les couloirs étaient libres... et qu'il pourrait librement circuler.

Il sortit...

Cauteleusement, cherchant l'ombre, évitant les rencontres indiscrètes...

Il venait d'entendre dire que le théâtre était en quelque sorte cerné... et il ne songea même pas à fuir pour le moment.

Mais il lui fallait trouver un refuge, où il fut à peu près assuré de n'être pas découvert.

Tout à coup il s'arrêta.

Il s'était engagé dans le couloir du fond, et le magasin aux accessoires présentait son fantastique fouillis à son regard.

Et alors, brusquement, sans transition, on dirait providentiellement, s'il ne s'agissait de Lombard, une idée lui vint... qui lui communiqua un tressaillement profond ; et sans prendre même le temps de réfléchir, il se rua dans le magasin, dont les préposés étaient pour le moment absents.

XIV

Lorsque, après l'accident qui l'avait séparée de Martial, Réjane s'était vue emportée par le galop désordonné des deux chevaux du fiacre dans lequel elle se trouvait seule, elle eut un moment de stupeur inerte, et se sentit bien près de défaillir.

Elle ne put ni crier, ni faire un mouvement; encore moins eut-elle la pensée d'ouvrir la portière, et de se jeter sur la voie pour échapper au danger qu'elle soupçonnait sans le comprendre.

Peu à peu cependant, elle reprit quelque calme, et réagit contre l'épouvante qui s'était emparée d'elle.

L'allure des chevaux s'était ralentie; elle traversait des quartiers où la circulation était encore active; de temps en temps, à travers la glace de la portière, elle apercevait des sergents de ville qui se

promenaient à pas lents sur les trottoirs splendide-
ment éclairés... ses appréhensions s'apaisèrent et
elle pensa que ce qui lui était arrivé pouvait n'être
qu'un accident banal, comme il s'en produit fré-
quemment à Paris, et que Martial saurait bien retrouver ses traces, qu'on ne devait avoir aucune raison pour lui cacher.

Et puis, la pensée de son frère lui revint à l'esprit,
et l'absorba tout entière.

Il lui semblait que Dieu la suivait d'un œil bien-
veillant, et elle se disait qu'un malheur ne pouvait
l'atteindre dans l'accomplissement d'un devoir sacré.

Son frère — Henry !

Comme son cœur battait... Avec quelle impatience
elle appelait le moment où elle se jetterait dans ses
bras. — Il y avait si longtemps qu'elle suppliait Dieu
de lui accorder cette joie ineffable ; elle avait fait
une ample provision de tendresse, pour l'heure où
elle devait le revoir !

Elle ne se souvenait plus des fautes qu'il avait
commises ! Que lui importait qu'il eût été coupable !
— il lui suffisait de savoir qu'il était malheureux.

Une demi-heure au plus se passa.

La voiture eût pu mettre beaucoup moins de
temps ; mais dans le but de dépister ceux qui auraient tenté de le suivre, le cocher avait pris le chemin le plus long.

Cependant, au bout d'une demi-heure, on atteignit
le numéro 8 de la rue Mogador, et la voiture s'arrêta.

Presque aussitôt, la portière s'ouvrit.

— Sommes-nous arrivés ? interrogea Réjane, en jetant instinctivement un regard autour d'elle.

— Oui, mademoiselle, répondit l'homme qui avait ouvert : et si vous voulez bien... me suivre.

— Mais... Martial ? demanda encore la pauvre enfant, avec une dernière hésitation.

— Oh ! rassurez-vous, mademoiselle, interrompit vivement son interlocuteur. Il ne lui est arrivé aucun mal. Seulement, les chevaux se sont emportés, comme vous l'avez pu voir, et il est resté en arrière. Mais nous lui avons dit où nous allions, et avant un quart d'heure il sera ici.

Réjane ne fit pas d'autre objection.

D'ailleurs, qu'eût-elle pu tenter ? et puis, elle avait hâte de voir son frère, et son hésitation lui eût paru ridicule à elle-même.

Elle suivit donc l'homme qui venait de lui parler et disparut dans la maison dont la porte s'était ouverte devant elle.

Une première surprise l'attendait au seuil de la chambre dans laquelle elle ne tarda pas à être introduite.

La porte venait à peine en effet de se fermer derrière elle, quand elle aperçut à quelques pas, une jeune soubrette dont le visage souriant ne lui parut pas tout à fait inconnu.

Elle chercha un moment, et finit par laisser échapper un cri de joie :

— Laure ! dit-elle en pressant vivement les mains de la petite cameriste.

— Mademoiselle m'a reconnue ! fit celle-ci avec deux regards effrontés.

— Ah ! je suis bien contente de vous voir, continua Réjane, cet accident qui nous est arrivé en route m'avait fort troublée, je ne sais quelles peurs m'avaient prise, mais puisque vous voilà...

— Mademoiselle est bien bonne.

— Vous êtes donc restée avec mademoiselle Dalbane...

— C'est ce que j'avais de mieux à faire.

— Est-ce que je suis chez elle ?

— Pour cette nuit... oui... mademoiselle

— Ah ! je voudrais la voir ?

Laure eut un singulier sourire.

— Ce sera difficile, pour le moment du moins, répondit-elle, car mademoiselle Dalbane n'a pas voulu...

— Je comprends... elle a craint d'être indiscrète, mais vous lui direz...

— N'en doutez pas !

— Alors, vous savez pourquoi je suis venue ?

— Oui, mademoiselle.

— Et la personne que je dois rencontrer ?...

— Elle n'est pas encore venue.

— Eh bien, j'attendrai !... fit Réjane... Maintenant, me voilà tout à fait rassurée... et je n'ai plus qu'une recommandation à vous adresser.

— Laquelle, mademoiselle ?

— En route, j'ai été séparée de Martial qui m'accompagnait ; il ne peut tarder à se présenter ici... et dès qu'il sera arrivé, je vous serai obligée de m'en informer.

Laure s'inclina.

— Cela sera fait, dit-elle.

Elle allait se retirer, Réjane la rappela.

— Un mot encore, dit-elle; si j'ai besoin de vous, que faudra-t-il faire?

Laure indiqua un bouton de sonnerie électrique placé à la gauche de la cheminée.

— Mademoiselle n'aura qu'à toucher ce bouton, dit-elle... et l'on viendra immédiatement à son appel.

Pour la seconde fois, en prononçant ces mots, un sourire qui était comme l'expression de quelque mystérieux sentiment, effleura le coin de sa lèvre impertinente.

Puis, elle disparut.

Une fois seule, Réjane laissa retomber sa tête dans sa main, et se prit à songer.

Ce qui lui arrivait était si en dehors des habitudes de sa vie calme et régulière, qu'elle se trouvait, pour ainsi dire sans force contre l'émotion qu'elle éprouvait.

Elle était trop innocente et trop pure pour soupçonner le moindre danger; elle ne croyait pas qu'il pût être question de guet-apens, ou qu'elle eût rien à redouter pour sa vie ou pour son honneur.

Elle ne pensait qu'à Henry, et l'appelait de toutes les tendresses de son cœur.

Elle savait vaguement qu'il avait été coupable, mais elle ignorait le caractère des fautes qu'il

avait commises, et n'avait aucune idée de leur gravité.

Le chagrin de son père, la douleur de la séparation,
n'avaient pu altérer l'affection fraternelle qu'elle lui
portait, et elle était prête à lui ouvrir ses bras et à
rendre son cœur tout entier.

D'ailleurs, une chose la disposait à l'indulgence.

Son amour pour Gontran !

Ce sentiment tout nouveau, qui s'était emparé
d'elle avec une autorité souveraine, la rendait inconsciemment indulgente pour les défaillances des
autres.

Isolée comme elle l'était, elle sentait qu'il lui serait doux d'avoir un confident auquel elle pût raconter ce qui se passait dans son cœur ; il lui semblait
qu'elle eût mieux aimé Gontran encore, si elle avait
pu dire combien elle l'aimait !

L'amour est un sentiment complexe, bien difficile
à analyser.

Égoïste et discret de son essence, il a cependant
besoin d'expansion.

L'amour païen ne reculait devant aucune mani-
festation pour s'affirmer.

Aujourd'hui, la femme qui aime, quelque chaste
et contenue qu'elle soit, confierait volontiers son
amour au monde entier.

Réjane, la sainte et pure enfant, éprouvait quelque
chose de ce genre, et son frère Henry était bien ce
confident qu'elle eût désiré.

Gontran !

Elle n'en avait parlé encore à personne.

Quelquefois seulement, la nuit, après avoir fait sa prière, au moment de s'endormir, quand nul ne pouvait l'entendre, elle murmurait tout bas son nom.

Sa voix prenait alors une douceur pénétrante, qui lui communiquait une âpre sensation, et amenait bien souvent une vive rougeur à ses joues.

Gontran! son fiancé! son époux!

Le jeune vicomte ne savait pas lui-même à quel point il était aimé.

Cependant l'heure s'écoulait.

Il y avait déjà longtemps que Réjane était seule dans cette chambre, et personne n'était venu encore.

Elle secoua la tête, et chassa brusquement toutes ces pensées qui l'absorbaient.

Son regard chercha la pendule.

Elle marquait onze heures.

Elle frissonna.

Que signifiait ce retard? Elle n'avait vu ni Henry, ni même Martial. Elle commença à s'inquiéter, se leva, et fit quelques tours à travers la chambre.

Tout bruit s'était tu autour d'elle. La chambre dans laquelle elle se trouvait était située à l'extrémité de l'appartement : on n'entendait aucun mouvement, aucune apparence de vie.

Elle se rappela alors ce que lui avait dit la soubrette, marcha vers la cheminée, et pressa le bouton de la sonnerie électrique.

Puis, elle attendit.

Cependant, personne ne vint à son appel : et pour la première fois, l'idée d'un danger s'empara de son esprit.

La pâleur envahit ses traits.

Elle voulut appeler, mais au moment où son doigt tremblant s'approchait du bouton d'ivoire, elle tressaillit et prêta l'oreille.

Un roulement de voiture avait troublé le silence de la nuit, et venait de s'arrêter à la porte de la maison.

Elle écouta.

C'était peut-être son frère !

Ou Martial.

L'un ou l'autre... peu lui importait... pourvu que ce fût un ami...

Quelques minutes se passèrent sans qu'elle entendît un nouveau bruit annonçant l'arrivée de celui qu'elle attendait.

Sa poitrine se soulevait avec force; ses tempes battaient avec violence.

Elle était à bout et glacée de terreur.

— Gontran ! Gontran ! balbutia-t-elle, en se laissant tomber anéantie sur un fauteuil.

Au même instant, elle fut rendue, comme par miracle, à la réalité de la situation.

La porte de la chambre venait de s'ouvrir et un homme était entré.

Réjane le regarda de son œil grand ouvert.

Ce n'était ni Martial, ni Henry !

La pauvre enfant étouffa un cri de terreur folle, et cacha sa tête dans ses deux mains affolées.

C'était Beverley!...

L'homme dont la vue l'avait si souvent effrayée, celui dont Gontran lui-même avait dit à Martial que c'était le plus dangereux et le plus implacable ennemi du général!

Beverley!

XV

Cependant ce dernier avait fermé la porte derrière lui, et calme et froid en apparence, il avançait à pas lents vers Réjane.

Celle-ci ne le voyait pas... elle le sentait venir.

Comme la colombe sous l'œil du vautour, elle avait, pour ainsi dire, perdu toute force et toute volonté, et un frisson glacé mordait ses chairs.

Elle n'avait encore aucune idée de ce que cet homme venait faire dans cette chambre ; elle comprenait seulement qu'un danger terrible la menaçait ; qu'on l'avait arrachée à la protection de Martial et de ceux qui l'aimaient à l'aide d'une infernale machination, et que l'on allait peut-être attenter à sa vie.

Elle ne pensait qu'à cela... elle ne pouvait soupçonner autre chose...

Il serait bien difficile d'exprimer la torpeur inerte

qui l'avait envahie. Le sang semblait s'être arrêté dans ses artères, et une sorte de râle s'était engagé dans sa poitrine; sa pensée éperdue ne percevait plus la réalité qu'à travers un voile épais et sombre.

Alors l'image de Gontran vint se présenter à elle... et son cœur se gonfla d'amour.

Était-il bien possible qu'elle ne dût plus le revoir... Fallait-il renoncer à cet avenir charmant qu'elle se promettait depuis quelques jours? Qu'avait-elle fait à Dieu, pour qu'il lui envoyât une si épouvantable épreuve?

Un moment elle tenta de réagir contre sa défaillance. Un profond sentiment de révolte souleva sa poitrine; elle rouvrit les yeux et se dressa par un mouvement plein de résolution.

Beverley n'était plus qu'à quelques pas d'elle; elle étendit la main et appuya sur la sonnerie.

Le jeune gentleman eut un ricanement.

Cependant, à l'appel de Réjane, la porte de la chambre s'était ouverte, et Laure était entrée.

Réjane eut une lueur d'espoir... et se précipita vers la soubrette.

— Ah! vous voilà!... vous voilà!... dit-elle avec désordre. Martial... Henry... Gontran... où sont-ils?... Parlez!...

Au lieu de répondre, la petite Laure se tourna vers Beverley.

Ce dernier fit un geste impérieux.

— Laisse-nous!... dit-il d'un ton bref. Ferme en sortant la porte à double tour. J'en ai la clef, et je pourrai, moi, sortir quand je voudrai... Mais veille

8.

à ce que nul ne vienne me déranger, et surtout, dis à Jean de n'ouvrir à personne la porte de l'hôtel, tu entends...

— Oui, monsieur.

— Va donc... et je n'oublierai pas la docilité avec laquelle tu auras exécuté mes ordres.

Laure s'éloigna.

Et quand Beverley l'eut entendue fermer la porte de la chambre, il se tourna vers Réjane.

— Vous le voyez, ma chère enfant, reprit-il; tout le monde ici m'obéit, et vous n'avez à attendre de secours de personne.

— Mon Dieu ! mon Dieu ! mon Dieu ! balbutia Réjane, en se laissant tomber à genoux et élevant au ciel ses mains jointes.

Elle n'entendait plus rien. Sa tête falottait sur ses épaules — sérieusement elle crut qu'elle rêvait — et pressa ses tempes avec une sorte de fièvre.

— Folle ! est-ce que je vais devenir folle !... ajouta-t-elle en roulant son front entre ses mains.

Beverley voulut la relever : il la toucha à l'épaule... et elle jeta un cri, comme si ses doigts l'avaient brûlée.

— Ne me touchez pas ! dit-elle en courant se réfugier à l'extrémité opposée de la chambre.

Beverley l'y suivit.

— Oh ! que me veut donc cet homme ? s'écria Réjane, en comprimant sa poitrine de ses deux bras en croix ; que me voulez-vous... pourquoi cette odieuse violence ?

— Vous ne devinez pas, fit Beverley, la lèvre railleuse.

Et il voulut enlacer sa taille.

La pauvre enfant se dégagea encore une fois, et alla s'adosser, affolée et tremblante, dans un angle obscur de l'appartement.

Quelque chose d'inattendu se passait en elle depuis un moment.

Un soupçon avait traversé son esprit.

Pressentiment vague, appréhension troublée, divination mystérieuse qui tout à coup rayait d'une lueur sinistre les ténèbres où elle se débattait.

Peut-être venait-elle de comprendre !

Mais l'horreur qu'elle ressentait était si nouvelle; ce qui lui était venu à la pensée lui semblait si monstrueux, et par conséquent si impossible... qu'elle ne voulait point croire encore et s'obstinait à douter.

Toutefois, une rougeur subite avait monté à ses joues; ses tempes s'étaient prises à battre, ses paupières s'étaient pudiquement baissées.

— O Gontran... mon Gontran! balbutia-t-elle, comme si son cœur se fût ouvert tout à coup, et eût laissé échapper son secret.

Et alors, sous l'empire d'un sentiment instantané, elle parut de nouveau recouvrer ses forces près de l'abandonner.

On eût dit que cet appel suprême l'avait rendue à la réalité terrible de la situation; l'enfant avait pour ainsi dire disparu... il ne restait plus qu'une femme

résolue à mourir plutôt que de laisser entamer son
honneur !

Elle releva la tête, et osa affronter le regard de
Beverley.

— Ah! que vous ai-je donc fait?... dit-elle,
et comment justifierez-vous jamais votre indigne
conduite?... Voyons ! voyons... je ne comprends
pas... Tenez!... écoutez-moi... Vous êtes, je crois...
l'ami de M. d'Épernon... on me l'a dit, du moins...
Eh bien... moi... je suis sa fiancée... je vais être sa
femme... Vous ne le saviez peut-être pas encore...
si vous l'aviez su... vous n'auriez pas agi comme
vous le faites..., il y a là quelque erreur... on vous
aura trompé... on ne vous a pas dit non plus peut-
être que je suis la fille du général de Graçay-Chambrun...

La parole se glaça sur les lèvres de la pauvre enfant.

Aux derniers mots qu'elle venait de prononcer,
un éclair avait jailli des yeux de Beverley.

— Détrompez-vous!... répondit-il d'un ton amer;
je n'ignore rien de ce qui vous touche : je sais que
vous êtes la fille du général, la sœur d'Henry... et la
vengeance que je poursuis n'a plus besoin de justi-
fication...

— Que dites-vous ?

— J'ai juré de rendre sang pour sang, honte pour
honte, et aucune considération ne peut plus m'arrêter... vous serez à moi !

— Monsieur...

— Vous serez à moi, vous dis-je! et avant que
l'on vienne à votre secours...

En parlant de la sorte, Beverley avait saisi l'enfant dans ses deux bras nerveux, et il l'attirait contre sa poitrine.

Réjane jeta une exclamation désespérée.

— Ah! vous êtes lâche! s'écria-t-elle... Dieu ne permettra pas une pareille infamie... et moi vivante... je ne subirai jamais vos outrages!

La colère, la vertu indignée, mille sentiments confus qui se faisaient jour à travers sa terreur, décuplaient les forces de la malheureuse... Elle parvint à s'arracher à l'étreinte passionnée du jeune gentleman, et courut vers la fenêtre qu'elle ouvrit par un geste violent.

— Que Dieu ait pitié de moi! dit-elle tout en adressant un regard de défi à Beverley. Si vous faites un pas de plus, si vous ne sortez pas à l'instant même de cette chambre, je me tue pour échapper à la honte dont vous me menacez.

C'est tout ce qu'elle put dire.

A peine s'était-elle échappée des bras de Beverley, que ce dernier était sur ses pas et l'avait aussitôt reprise avec plus d'âpreté encore que la première fois.

La fenêtre ouvrait sur un balcon qui donnait sur le jardin : Réjane n'eût pas le temps de se précipiter et elle tomba sans force et sans voix sur la poitrine du gentleman.

C'en était fait!

Beverley proféra un rugissement de triomphe, et il se disposait à rentrer dans la chambre, quand

soudain il tressaillit et plongea son regard inquiet
sous les sombres allées du jardin.

Un bruit venait de s'y faire entendre et le murmure de plusieurs voix avait monté jusqu'à lui...

Qu'est-ce que cela voulait dire?

Était-ce Gontran qui avait découvert la retraite de
Réjane... et venait, accompagné de Martial, lui arracher sa proie désormais sans défense?

Il prêta l'oreille.

Les pas se rapprochaient; bien que la nuit fût
sombre et qu'il ne pût distinguer les objets que très-
imparfaitement, il démêla bientôt que ce n'était
ni le garde de Graçay-Chambrun, ni le vicomte d'É-
pernon.

Qui était-ce donc?

Le groupe qui s'avançait avec précaution, précédé
sans doute par un guide qui en connaissait les détours, ce groupe comprenait au moins trois ou quatre personnes.

Peu à peu le regard de Beverley se familiarisa
avec l'ombre, et au bout de quelques secondes, il
distingua mieux.

Chose invraisemblable, incompréhensible! le guide
qui accompagnait ces étranges visiteurs nocturnes...
c'était une femme.

Il se rejeta vivement en arrière, laissa la fenêtre
entr'ouverte et continua de prêter l'oreille.

Cependant, Réjane, étonnée de ce répit qui lui
était accordé, revenait insensiblement à elle...
elle avait rouvert les yeux, elle regardait... et écoutait...

Quel qu'il fût, cet incident pouvait la sauver, et l'espoir afflua vers son cœur.

— C'est Gontran ! c'est Henry ! fit-elle avec explosion..

Beverley fronça le sourcil.

— Taisez-vous, ordonna-t-il... si vous tenez à la vie !... ne prononcez pas une parole de plus.

Mais ces menaces mêmes ne devaient qu'inspirer une confiance plus vive à la pauvre enfant. — Si Beverley avait peur, c'est qu'évidemment quelque danger le menaçait lui-même, et l'audace lui revint.

— A moi ! à l'aide ! cria-t-elle d'une voix fortement accentuée.

Beverley referma violemment la fenêtre, et lui appliqua sa main de bronze sur les lèvres...

Au même moment, du reste, trois coups sonores retentirent sur la porte du rez-de-chaussée, et il entendit la voix de Jean qui parlementait avec les mystérieux visiteurs.

L'incident prenait des proportions fantastiques ; Beverley se creusait l'esprit sans arriver à rien comprendre.

Heureusement, la porte de la chambre s'ouvrit presque aussitôt, et Laure se précipita vers le jeune gentleman, les traits altérés, le visage pâle et le sein ému.

— Qu'y a-t-il ! demanda Beverley en courant à sa rencontre.

— Jean vient d'ouvrir la porte ! répondit Laure.

— Mais je l'avais défendu.

— Ils viennent !...

— Qui cela ?

— Regardez !... regardez !... balbutia la petite soubrette.

Comme elle prononçait ces mots, trois personnes apparurent sur le seuil de la porte.

C'était Ninoche... Cardinet et, derrière eux, le commissaire de police ceint de son écharpe !...

Beverley laissa échapper un geste de stupéfaction, pendant que derrière lui Réjane se levait de sa place, pressant sa poitrine de ses deux mains, mordant ses lèvres de ses mains frémissantes.

Des trois personnes qu'elle venait d'apercevoir, elle n'avait remarqué que Cardinet !

Et sous son masque de lividité qu'éclairait la lueur de deux yeux hagards elle l'avait tout de suite reconnu.

C'était Henry — son frère — celui qu'elle appelait de toutes les tendresses de son cœur.

— Henry ! Henry ! dit-elle éperdue. C'est moi ! regarde : ta Réjane bien-aimée. Ah ! le ciel a eu pitié de nous... Henry... il y a si longtemps que tu ne m'as embrassée.

Elle avait noué ses deux mains autour de son col, et elle le pressait contre son cœur qui battait avec une violence désordonnée.

Cardinet, lui, ne bougeait pas !

Immobile, épouvanté, il se croyait le jouet du plus épouvantable des cauchemars, et son regard flottait hébété de Beverley au commissaire et de Ninoche à Réjane.

Enfin, il secoua la tête, comme le taureau que le sacrificateur vient de frapper de sa masse, et tourna son visage défiguré vers le commissaire...

— Par grâce... ayez pitié... murmura-t-il d'une voix mourante... laissez-moi une minute... une seconde avec cette enfant.

Le magistrat comprit-il ce qu'il y avait de poignant dans cette prière... ce qu'il y a de certain, c'est qu'il fit un signe à Ninoche, et gagna l'extrémité de la pièce.

Seuls, les deux agents dont il était accompagné, étaient restés debout contre la porte comme deux sentinelles.

XVI

Alors Cardinet revint à lui.

Son regard s'abaissa voilé de larmes, et ses lèvres se collèrent avec passion sur le front de la pauvre enfant qui se serrait contre sa poitrine.

Un sanglot mal étouffé s'étrangla dans sa gorge.

Le malheureux !

En une seconde, avec cette rapidité fulgurante qu'emprunte parfois le souvenir, tout son passé se déroula comme une trombe devant ses yeux.

Il se revit, enfant, jouant avec sa petite sœur, sous es grands arbres de Graçay-Chambrun... Courant dans les vertes prairies, suivant le cours capricieux des ruisseaux d'argent, buvant l'air libre et pur des horizons infinis...

Réjane ! C'était bien sa petite Réjane.

Et il se rappelait alors avec quelle effusion d'a-mour fraternel il la protégeait dans leurs courses vagabondes ; avec quel ineffable bonheur ils rentraient tous deux, se tenant par la main, sans souci du lendemain, sans remords du passé.

Presque toujours, quand ils gravissaient la montée qui conduit au château, ils apercevaient de loin la silhouette du général, attentive et souriante, à l'angle du chemin...

Et c'était à qui des deux arriverait le premier pour recueillir le baiser attendri du vieux soldat.

Son père!

Il voyait sa belle et noble figure, empreinte de gravité et de tristesse ; il entendait sa voix rude qui se faisait douce pour lui parler... et son oreille percevait encore le murmure affaibli des paroles d'honneur qu'il lui adressait.

Un effroyable déchirement se fit en lui, et deux larmes coulèrent le long de ses joues.

— Chère âme! pauvre Réjane! balbutia-t-il en fermant les yeux pour ne point voir l'ombre sinistre qui glissait sur le rêve qu'il venait d'évoquer.

Réjane, elle, pleurait aussi. Mais un sourire radieux irrisait ses larmes.

— Ah! te voilà!... c'est bien toi... Henry... mon Henry, dit-elle ; maintenant nous ne nous quitterons plus.

— Que dis-tu?...

— Eh! ne le sais-tu pas! j'étais venue te chercher.

— Toi!

— Sans doute... tu craignais d'affronter la colère de notre père, mais quand il nous verra revenir tous deux... nous tenant par la main comme autrefois... tu te rappelles...

— Mon Dieu!

— Il ouvrira ses bras... et te pardonnera, j'en suis sûre... Et puis... tu as oublié peut-être... Mais moi, qui ne l'ai jamais quitté, je sais à quel point il t'aime... et chaque fois que je prononçais ton nom... je voyais bien les larmes qui lui venaient aux yeux.

— Tais-toi!... tais-toi!...

— Pourquoi?... — D'ailleurs... j'ai un secret à te confier.

— Comment!

— Oh! un gros secret!.. mon cœur en est plein... et j'ai besoin de le dire...

— Qu'est-ce donc?

— Je vais me marier!

— Réjane!

— Un véritable gentilhomme! l'honneur et la loyauté même... et je l'aime, entends-tu, Henry, je l'aime!

Cardinet ne répondit pas.

Il avait pris son front dans ses mains, et se voilait les yeux.

— C'est le vicomte Gontran d'Épernon! continua l'enfant à voix plus basse. Tu ne le connais pas encore peut-être... mais quand tu l'auras vu! je suis bien certaine que tu deviendras son ami. Moi, je l'ai aimé du premier jour où je l'ai rencontré. C'est Dieu qui a conduit tout cela, et il aura béni deux fois mon amour, puisqu'il te rend à nous le jour même où M. Gontran a demandé ma main à notre père.

Mais voyons, ajouta-t-elle, en cherchant à entraîner Cardinet, je bavarde là, et je ne songe pas à l'heure. Maintenant que nous nous sommes retrouvés, il faut que nous rentrions rue de Varenne. Oh ! je ne me possède pas, vois-tu, en songeant au bonheur de notre père, quand demain matin, à son réveil, il nous verra réunis à son chevet.

Cardinet tressaillit et se dégagea brusquement.

Un moment, il avait oublié !... La réalité venait de l'appréhender de nouveau.

— Oui, oui, dit-il d'un ton vague, tu as raison, et tu m'expliqueras comment il se fait que je te trouve ici, à cette heure.

— Ne te l'ai-je pas dit ?

— Tu me le diras de nouveau, mais auparavant, il faut que nous nous quittions.

— Pourquoi ?

— La personne avec laquelle je suis venu a besoin de moi.

— Ce ne sera pas long au moins...

— Je te le promets.

— Et, en attendant, — que ferais-je, — ah ! je ne veux pas rester seule, ici...

— Non ! non... j'y ai songé... et je vais...

Cardinet marcha vivement vers Ninoche.

— Mon enfant, lui dit-il, d'un ton rapide, il faut que tu me rendes un dernier service.

— C'est mademoiselle de Graçay, qui est là ? interrompit Ninoche.

— Oui, et c'est d'elle que je veux te parler.

— Mais vous ne vous appelez donc pas Cardinet.

— Silence.

— Vous êtes donc le fils du général ?

— Tais-toi! tais-toi! tout le monde l'ignore encore! et je ne demande plus qu'une chose, c'est de mourir avant qu'on l'apprenne.

Cardinet se tut un moment, puis il reprit :

— Je ne sais, dit-il, comment il a pu se faire que cette pauvre enfant se trouve ici à cette heure...

— Je le sais, moi! répondit Ninoche.

— Il ne faut pas qu'elle y reste un instant de plus, et dès que je me serai éloigné, tu l'emmèneras.

— Je vous le jure!

— Tu lui cacheras soigneusement l'épouvantable sort qui m'attend.

— Elle ne saura rien.

— Et, quoi qu'il arrive, tu ne la quitteras que lorsqu'elle sera rentrée rue de Varenne.

— Comptez sur moi!...

Cardinet se tourna alors vers le commissaire.

— Maintenant, monsieur, ajouta-t-il, je suis à vous. Vous avez désiré faire une perquisition dans l'appartement occupé par cette jeune femme... je vous donnerai toutes les indications que vous jugerez utile de me demander.

Et ils s'éloignèrent.

Beverley avait disparu, lui aussi; Ninoche et Réjane restaient seules dans la chambre.

Il y eut, entre les deux jeunes femmes, un moment de silence et d'embarras.

Réjane regardait Ninoche avec une curiosité inquiète, et celle-ci ne savait trop quelle contenance observer.

Elle se rapprocha lentement.

— Vous avez dû être bien effrayée, tout à l'heure, dit-elle enfin... mais Dieu merci, nous sommes arrivés à temps, et vous n'avez plus rien à redouter désormais.

— Vous savez ce qui s'est passé ici?... interrogea Réjane, pendant qu'un dernier frisson glissait sur sa peau.

— Sans doute... et c'est pour cela que j'ai eu l'idée d'y amener les personnes qui m'accompagnaient.

— Vous me connaissez donc?

— De nom, seulement...

— Cependant, ce que vous venez de faire atteste que vous me portez quelque intérêt.

— C'est vrai.

— A quoi le dois-je?

— Ce seroit bien long à expliquer.

— Au moins, me direz-vous qui vous êtes.

— Quelle nécessité?

— Je tiens à vous remercier.

— Eh bien... plus tard... un autre jour... en ce moment, je crois que nous avons autre chose à faire, et vous devez avoir hâte de rentrer rue de Varenne.

— Mais je ne veux pas partir seule.

— Je vous accompagnerai.

— Vous...

— Avez-vous peur de moi?

Réjane leva son bel œil clair sur la jeune femme qui lui parlait.

— Oh ! assurément non, répondit-elle avec un doux sourire... seulement j'attends quelqu'un qui doit revenir...

— Et qui ne reviendra pas.

— Comment le savez-vous ?

— Il me l'a dit.

— Henry m'aurait trompée ?

— Il le fallait bien !

— Pourquoi ?

— Il est des choses que je ne puis vous confier, mademoiselle ; mais, croyez-moi, quand je vous dis qu'il est dangereux, qu'il n'est pas convenable que vous restiez plus longtemps dans cette maison !

Réjane ne comprenait pas bien, mais instinctivement elle s'était levée.

Toutefois, avant de s'éloigner, elle cherchait une explication à tout ce qui lui semblait obscur, dans ce que venait de dire Ninoche.

— Voyez !... dit-elle, sans la quitter du regard ; voyez !... comme ce qui m'arrive est bizarre... je viens d'échapper à un grand danger, et vous n'en doutez pas...

— Sans doute.

— Eh ! bien... ce qui s'est passé ne m'a pas rendue plus défiante... Vous me parlez... et je fais ce que vous demandez...

— C'est que moi, mademoiselle, comme vous le disiez, je vous porte un intérêt sincère.

— Qui me le prouve ?...

— Sans moi, vous seriez perdue... et même je veux tout vous dire, pour vous rassurer... J'avais prévenu

une autre personne... que je suis bien étonnée de
ne pas rencontrer ici...

— Quelle personne? fit Réjane.

— Ne devinez-vous pas?...

— Je cherche.

— N'est-il pas quelqu'un que vous attendiez, et
que vous seriez bien heureuse de voir à cette
heure?

— Gontran!... s'écria Réjane avec un mouvement
irréfléchi.

Ninoche fit un signe affirmatif.

— Gontran... répéta l'enfant pendant qu'une
vive rougeur couvrait ses joues... vous le connaissez
donc?

— Depuis longtemps...

Réjane se rejeta en arrière comme effrayée elle-
même de la pensée qui lui venait.

Ninoche remua tristement la tête.

— Moi, poursuivit-elle, quand j'ai su que M. Gontran vous aimait, quelque étrange que cela puisse
vous paraître, je me suis sentie prise d'une profonde
affection pour vous.

— Comment?

— Vous ne comprendrez peut-être pas.

— Quoi?

— D'ailleurs, vous ne savez rien.

— Expliquez-vous.

— Cela date de loin... pour mieux dire du jour
même où je l'ai vu pour la première fois.

— Lui !

9.

— Et depuis ce jour-là... ah! ne m'en veuillez pas, mademoiselle : ne vous effrayez pas surtout !

— Achevez...

— Eh bien! depuis ce jour-là... je l'aime!

Réjane se voila le front de ses deux mains.

XVII

— Oh! ce n'est pas ce que vous croyez, continua
Ninoche; nous autres, voyez-vous, il est bien rare
que l'on nous aime... surtout quand nous élevons
trop haut nos yeux ou notre cœur; seulement, on ne
peut pas se défendre de ça. Nous vivons au milieu
de réalités si tristes... que, sans avoir conscience,
instinctivement, nous nous réfugions dans quelque
rêve impossible auquel nous donnons notre corps et
notre âme... quelquefois même, notre vie tout entière... — du moins ç'a été ainsi pour moi...

Quand j'ai rencontré M. Gontran... il m'a semblé
que jusqu'alors je n'avais pas vécu encore! il était
si différent des autres... il y avait en lui tant de distinction, tant de bonté aussi; on comprenait si
bien, tout de suite, que l'on avait devant soi une
nature exceptionnelle, généreuse, chevaleresque,

profondément honnête et sincère!... Je ne m'y suis
pas trompée une seconde!... il se passa en moi
quelque chose que je n'avais jamais éprouvé... et je
me suis prise à l'aimer... mon Dieu! tenez!... jusqu'à lui donner ma vie s'il me l'eût demandée!...

Réjane écoutait, le sein gonflé, la singulière confidence qui lui était faite... Il y avait, dans ce qu'elle
entendait, bien des choses qui étaient obscures et
qu'elle ne comprenait pas, mais elle sentait sourdre
une inquiétude confuse dans son cœur, et la curiosité se faisait jour à travers ses incertitudes.

Elle interrogea la jeune femme d'un œil à demi
voilé.

— Mais lui! lui! balbutia-t-elle interdite.

Ninoche eut un douloureux sourire.

— Lui! répondit-elle; il ne s'est douté de mon
affection que le jour où je lui ai révélé le danger que
vous couriez...

— Ainsi... dit Réjane... il sait où je suis... il va
venir.

— J'espérais le trouver ici...

— Qui donc peut le retarder?

— Je l'ignore.

— Enfin... que faut-il faire?

— Je vous l'ai dit, mademoiselle, je crois qu'il n'y
a qu'un parti à prendre... c'est de retourner rue de
Varenne... N'ayez pas peur; ne doutez pas de l'intérêt que je vous porte, et soyez sûre qu'avec moi
vous n'avez aucun danger à redouter.

Réjane hésitait.

Ce qui lui arrivait était si inattendu, elle était en-

core si troublée de ce qui venait de se passer... le
départ de son frère semblait, en outre, si inexpli-
cable en un pareil moment... qu'elle éprouvait mille
appréhensions dont elle ne parvenait pas à se dégager.

Et puis... pour tout dire, sans qu'elle vit bien clair
dans son cœur... ce n'est qu'avec un sentiment d'ins-
tinctive répulsion qu'elle acceptait l'offre que lui
faisait cette femme qu'elle ne connaissait pas — et
qui aimait Gontran...

Cependant, l'heure s'écoulait; la nuit était déjà
bien avancée; il fallait prendre une résolution.

Elle réagit énergiquement contre sa défaillance,
et chassa toutes ces pensées importunes qui l'as-
saillaient.

— Vous avez raison — dit-elle alors d'un ton
ferme; je ne puis pas rester plus longtemps ici... et
puisque ni M. Gontran, ni Martial ne sont venus,
nous allons partir.

— A la bonne heure! fit Ninoche — j'ai envoyé
chercher une voiture — elle doit nous attendre, —
partons.

La jeune femme avait fait quelques pas. — Réjane la suivit.

Elles descendirent ainsi jusqu'au rez-de-chaussée,
et s'engagèrent dans le vestibule.

Mais arrivées là, elles s'arrêtèrent toutes les
deux, comme d'un commun mouvement, et échangèrent un regard presque épouvanté.

Elles venaient d'entendre des pas précipités dans
le jardin.

— Si c'était Gontran! s'écria Réjane, en croisant les bras sur sa poitrine.

— Pourvu que ce ne soit pas Beverley!... balbutia Ninoche, en pâlissant.

Or, voici ce qui était arrivé.

Après avoir quitté Ninoche, Gontran n'avait eu qu'une pensée, c'était d'aller trouver Adolphe, pour obtenir de lui par corruption ou par menace l'indication précise de l'endroit où l'on avait conduit Réjane.

Il espérait rencontrer celui qu'il cherchait, au caboulot où il se rendait d'ordinaire, et qui est situé rue Montmartre, près du boulevard. Mais Adolphe avait prévu la recherche dont il allait être l'objet, et lorsque Gontran le demanda au maître de l'établissement, il lui fut répondu qu'on ne l'avait pas vu depuis plusieurs heures.

Gontran alla rejoindre Martial qui l'attendait sur le trottoir.

Il était près de onze heures... il n'y avait pas de temps à perdre; il fallait surtout agir avant que Beverley ne quittât lui-même le théâtre, et ne les devançât.

Le jeune vicomte n'hésita pas.

Sa voiture stationnait sur la chaussée; il y monta avec Martial.

— Rue d'Albe, 24, dit-il au cocher, et brûle le pavé!

Le coupé partit au galop.

Ce fut l'affaire d'un quart d'heure.

— Mademoiselle Ninoche! dit Gontran, en passant devant la loge du concierge.

Ce dernier présenta brusquement la tête à travers son vasistas.

— Mademoiselle Ninoche ne demeure plus ici... répondit-il d'un ton goguenard.

Gontran s'arrêta stupéfait.

— Elle a déménagé!...

— Il y a six mois...

— Et où demeure-t-elle?

— Ça... je n'en sais rien. Ces dames n'ayant guère l'habitude de donner leur adresse... et pour cause!

Gontran écouta à peine la réponse, et sortit.

Il n'avait plus qu'une ressource... retourner au théâtre, pénétrer auprès de Ninoche, et lui demander sa nouvelle adresse.

Mais que de temps perdu!

Le sang brûlait ses artères, ses oreilles bourdonnaient, ses ongles grinçaient sur le reps des coussins.

La voiture s'était remise en route, et le magnifique alezan allongeait son trot, comme s'il eût compris l'impatience de son maître.

Quand Gontran sauta sur le trottoir des *Variétés,* il y avait au plus une demi-heure qu'il en était parti.

Il s'élança vers le péristyle, passa comme un trait devant le contrôleur, et escalada l'escalier, suivi de près par Martial.

Mais dès qu'il eut atteint le couloir de la première

galerie, il s'arrêta et tourna son regard terrifié vers
le garde.

— Qu'y a-t-il? demanda anxieusement ce dernier.

— Là... là...! regarde! répondit le vicomte.

Et d'un doigt frémissant, il indiqua la loge de
Cardinet.

Ce qu'ils virent alors était bien de nature à expliquer la stupéfaction qui s'empara d'eux.

La porte de la loge était ouverte : à droite et à
gauche, deux hommes se tenaient sur le seuil et, au
milieu, un agent de police entretenait Cardinet à
voix basse et rapide.

Le colloque dura le temps de l'écrire.

Cardinet s'était levé et descendit dans le couloir.

Ses joues étaient blêmes, son œil hagard, on voyait
ses lèvres remuer comme sous l'effort d'une con-
traction nerveuse.

En posant le pied à terre, il trébucha et jeta un
regard désespéré à Ninoche qui n'était ni moins pâle
ni moins émue que lui.

— Donnez le bras à mademoiselle, lui dit alors
l'agent, en désignant Ninoche, et marchez devant :
toute résistance serait inutile, vous n'avez aucun
intérêt à provoquer un scandale, et il vous sera tenu
compte de votre docilité.

— Où me conduisez-vous?... murmura Cardinet,
qui évidemment ne savait plus guère ce qu'il disait.

— Allez toujours... Je vous expliquerai cela tout
à l'heure.

Ils gagnèrent l'escalier et s'éloignèrent.

Ils avaient passé à deux pas de Gontran et de

Martial, sans rien voir, et comme dans un rêve.

Quand ils eurent disparu, Martial roula sa tête dans ses mains.

— Lui ! lui ! dit-il avec un sanglot.

— Tu l'as reconnu ? fit Gontran.

— Mais c'est M. Henry, le fils du général.

— Tais-toi ! tais-toi ! que nul ici ne soupçonne l'horrible vérité.

— Oh !... vous avez raison... Mais demain, dans quelques jours... ce sera la honte publique... le dernier coup pour le malheureux père... qui n'aura même pas peut-être sa fille bien-aimée auprès de lui.

Ces derniers mots rendirent Gontran à la réalité, et il se rappela le motif impérieux pour lequel il était revenu...

Que faire...

Au moment où Ninoche s'éloignait, il avait bien été tenté de lui parler.

Mais une sorte de pudeur discrète l'avait arrêté, et maintenant il était trop tard.

Un dernier moyen lui restait, c'était d'aller trouver Brin-de-Tulle qui ne pouvait ignorer l'adresse de son amie.

L'acte tirait à sa fin ; il fallait se hâter.

Il gagna l'escalier.

Toutefois, une pensée soudaine venait de s'emparer de son esprit.

La loge de Beverley était à deux pas, et la curiosité le prit d'y jeter un coup d'œil.

Il se doutait bien que Beverley était parti depuis

quelque temps déjà, mais il voulait s'en assurer.

Il se rapprocha.

Comme il en touchait le seuil, la porte s'ouvrit... et une femme en sortit, appuyée au bras d'un cavalier.

Herminie!...

Sans doute, elle ne s'attendait pas à cette rencontre, car, à la vue de Gontran, elle fit un mouvement où celui-ci crut deviner l'intention de rentrer dans la loge.

Une sueur froide perla à son front... pendant qu'un sourire de mépris contractait sa lèvre.

Cependant Herminie s'était vite remise de son émotion passagère, et quittant son cavalier, elle alla résolûment à Gontran.

— Gontran!... murmura-t-elle d'un accent poignant.

— Ah! laissez-moi! laissez-moi! fit ce dernier, presque épouvanté de tant d'audace.

— Vous me repoussez.

— Ce n'est pas vous que je cherche, et vous le savez bien!

— Ne dites pas cela!... Si vous le voulez... il est temps encore, — dites un mot, un seul... et vous saurez!...

Elle tendait ses deux mains suppliantes vers le jeune homme.

Celui-ci se rejeta en arrière, avec un geste d'horreur.

— Non! non! prononça-t-il avec force; vous êtes une créature avilie et méprisable... et l'avenir se

chargera de venger la pure enfant que vous avez
tenté de perdre...

— Gontran!...

— Adieu! adieu!

Et le vicomte disparut.

Quelques secondes plus tard, il arrivait sur le
théâtre, où Brin-de-Tulle lui donnait enfin l'indication qu'il cherchait.

Une fois en possession de ce précieux renseigne-
ment, il essaya de sortir par la porte qui donne sur
le passage des Panoramas.

Mais deux agents qui veillaient de ce côté l'invitèrent à rebrousser chemin.

— Je suis le vicomte d'Epernon! voulut dire Gontran.

— Possible! répondit l'homme qui lui barrait
le passage; mais nous avons des ordres, et vous
ne sortirez, comme les autres, qu'après le spectacle.

Gontran rebroussa chemin, et revint à la porte de
communication.

— Que se passe-t-il donc? demanda-t-il à l'em-
ployé qui lui ouvrait.

— Je vais vous dire, répondit ce dernier, il paraît
qu'un gredin, qui se faisait appeler le prince Lubiroff, et qui n'était qu'un misérable du nom de Lombard, a tenté tout à l'heure d'assassiner un agent de
police qui le filait. On assure qu'il a réussi à pénétrer sur la scène, et on le cherche de tous côtés.

— On ne l'a pas trouvé.

— Pas encore, mais cela ne tardera pas, car on a

placé des agents un peu partout, depuis le second dessous jusqu'aux cintres.

Gontran n'attendit pas la fin de l'explication, et se précipita sur le boulevard, où son coupé stationnait.

— Rue Mogador, 8, dit-il au cocher.

Et pendant que la voiture s'ébranlait.

— Enfin ! ajouta-t-il en se tournant vers Martial, et maintenant... Dieu veuille que nous arrivions à temps.

XVIII

A la vue de Gontran qui franchissait le seuil de la porte, Réjane ne put se contenir davantage, et en proie à une joie pleine de désordre, laissant déborder son cœur trop plein, elle se précipita palpitante sur la poitrine du jeune vicomte.

Gontran oublia un moment ses lèvres sur son front et dans ses cheveux.

— Réjane ! Réjane ! s'écria-t-il... Ah ! le ciel a permis que j'arrive à temps.

Réjane ne répondit pas tout de suite.

Elle ne s'appartenait plus... elle n'avait plus conscience de ce qu'elle faisait... tout un monde de sensations nouvelles s'était pour ainsi dire ouvert devant elle.

Cela dura quelques secondes.

Puis, elle se dégagea rougissante et troublée, et recula de quelques pas en joignant les mains.

— Je ne rêve pas, — balbutia-t-elle, — je suis bien éveillée... c'est bien vrai... je suis sauvée... Ah! Dieu est bon!...

— Partons!... dit Gontran, — ne restons pas une minute de plus dans cette maison... une voiture nous attend... venez... Réjane... ma Réjane bien-aimée... je vais vous ramener à votre père.

Réjane mit sa main dans celle du jeune homme, et elle allait s'éloigner, quand elle fit un mouvement, et jeta un cri douloureux.

— Qu'avez-vous?... demanda Gontran étonné.

L'enfant porta la main à son cœur, comme si une lame d'acier l'eût traversé.

— Ne soyons pas ingrats, dit-elle d'un accent pénétré. Il y a ici une personne à laquelle je dois sinon l'honneur, tout au moins la vie, et je veux qu'elle sache à quel point je lui suis reconnaissante.

En parlant de la sorte, elle se tournait vers Ninoche qui s'était, depuis l'arrivée de Gontran, rejetée à l'écart.

Le vicomte tressaillit et alla à la jeune femme.

— Vous avez raison, dit-il avec effusion... le bonheur est égoïste. Je n'aurais pas dû l'oublier. Chère enfant... vous me pardonnez, n'est-ce pas?

— Oui, M. Gontran, répondit Ninoche; d'ailleurs, ce que j'ai fait ne mérite pas de reconnaissance; et vous savez à quel sentiment j'ai obéi moi-même.

— Ah! si jamais vous avez besoin de nous! fit Réjane dans un élan de vive et sincère sympathie.

Ninoche eut un sourire où perçait peut-être un peu d'amertume.

— Merci, mademoiselle, dit-elle avec un sanglot mal étouffé; je n'ai besoin de rien : et, d'ailleurs, nous ne sommes pas nées pour vivre longtemps, nous autres.

Puis, saisissant le bras de mademoiselle de Graçay, elle l'attira violemment à elle, et se pencha à son oreille.

— Il est heureux ! murmura-t-elle d'un souffle ardent : Vous lui donnerez ce que je ne pouvais pas lui offrir. Dieu bénisse le bonheur qu'il recevra de vous !

Et sans ajouter une parole de plus, elle s'éloigna rapidement, n'osant même pas jeter un dernier regard à Gontran.

Quelques secondes plus tard, Réjane et le vicomte partaient emportés vers la rue de Varenne.

Il y eut alors, entre les deux jeunes gens un long silence, et c'est à peine s'ils échangèrent quelques paroles pendant le trajet... Ils étaient l'un et l'autre trop émus pour cela.

Seulement, Gontran avait pris la main tremblante de l'enfant et, de temps en temps, il sentait une douce pression répondre à la sienne.

Quand la voiture s'arrêta, et que Gontran, qui avait sauté à terre, eut aidé Réjane à descendre, les deux amoureux échangèrent un long regard.

— Je viendrai demain, dit Gontran à voix basse... mais il me semble qu'un siècle encore me sépare de l'heure fortunée où je dois vous revoir... Réjane ! Réjane ! vous m'aimez, n'est-ce pas, vous serez heureuse de devenir ma femme ?

Une expression céleste éclaira l'œil de mademoiselle de Graçay.

— Oui... oui... je suis heureuse !... répondit-elle naïvement... Ma vie est à vous, désormais, car je vous aime comme je n'ai jamais aimé encore ! comme je n'aimerai plus jamais !...

Gontran baisa sa main qu'il avait gardée et l'enfant se sauva vers la porte que Martial venait d'ouvrir.

Quand elle eut disparu, et avant que Gontran remontât dans sa voiture, le vieux garde se rapprocha de lui.

— Pardon, M. le vicomte, lui dit-il, mais je pensais que peut-être vous auriez quelques ordres à me donner.

— A quel propos?

— Ne devez-vous pas vous rencontrer avec M. Beverley?

— Tu as raison... fit Gontran en tressaillant... demain, oui... c'est vrai...

— Vous aurez besoin de mes services.

— Probablement.

— A quelle heure désirez-vous que je sois rue de la Chaussée-d'Antin.

Le jeune homme réfléchit un instant.

— Il serait peut-être préférable, dit-il alors, que tu restasses auprès du général.

— Cependant...

— L'arrestation de son malheureux fils sera connue demain de tout Paris... et son identité ne peut tarder à être révélée... Si quelque indiscrétion par-

vient jusqu'à lui... il faut que tu te tiennes à sa dis-
position...

— C'est vrai !

— Reste donc auprès de lui... et envoie-moi prévenir des incidents qui pourraient se produire...

Gontran dormit fort mal à la suite de cette nuit,
et, jusqu'au matin, c'est à peine s'il prit quelques
heures de repos.

Neuf heures sonnaient quand il se réveilla.

Son domestique venait d'entrer dans sa chambre.

— Que me voulez-vous? demanda le jeune vicomte
en ouvrant ses yeux encore chargés de sommeil.

— Je demande pardon à M. le vicomte, répondit
le valet... mais il y a là deux personnes qui désirent
lui parler.

— Qui cela ?

— M. de Saint-Clair et M. de Simier.

Gontran sauta à bas de son lit.

Il avait presque oublié son duel. — Il donna
l'ordre d'introduire ses deux témoins au salon.

Dix secondes après, il allait les y retrouver.

Saint-Clair vint à sa rencontre.

— Je vous présente toutes mes excuses — dit
alors Gontran — j'ai été fort occupé cette nuit, je me
suis couché fort tard et, ma foi, je dormais profondément.

Saint-Clair lui serra la main.

— Nous venons, Sosthène et moi, répondit-il,
vous rendre compte de la mission dont vous nous
avez chargés.

— Tout est réglé alors? fit Gontran.

— Selon votre désir.

— Quelle est l'arme que vous avez choisie ?

— L'épée.

— A la bonne heure. — Et où nous battons-nous ?

— A Vincennes.

— Aujourd'hui ?

— Aujourd'hui, à cinq heures.

— C'est parfait, je vous remercie, messieurs, du zèle que vous avez déployé dans toute cette affaire, et croyez bien...

Saint-Clair protesta du geste.

— Si vous voulez, ajouta-t-il, nous viendrons vous prendre ici vers quatre heures.

— Je vous attendrai.

— C'est entendu ; toutefois, pour nous conformer à un désir formel exprimé par Sancé et Précourt, permettez-moi de vous adresser une dernière question.

— Parlez...

— Vous nous avez dit que le motif de cette rencontre était des plus graves.

— Sans doute.

— Et il n'y a pas lieu en ce cas...

— Achevez...

— Enfin, vous ne croyez pas que l'on puisse tenter un arrangement, provoquer des explications.

Gontran releva la tête et fronça le sourcil.

— Vous me connaissez, messieurs, répondit-il d'une voix ferme, et vous savez quelle réflexion j'apporte d'ordinaire dans tous les actes de ma vie.

Eh bien ! ne doutez pas de ma parole, quand je vous dis qu'il s'agit ici d'un duel à mort, et que ce soir je tuerai Beverley ou qu'il me tuera ! Vous comprenez, n'est-ce pas ?

— A merveille !

— A ce soir alors, mes amis, à ce soir, et croyez à la profonde reconnaissance que je vous conserverai du dévouement que vous m'avez témoigné en cette circonstance.

Sosthène et Saint-Clair se retirèrent sur ces mots, et Gontran resta seul...

Ce ne fut pas pour longtemps.

Un quart d'heure à peine s'était écoulé, que le valet se présentait de nouveau, et annonçait Martial.

Gontran ordonna de l'introduire tout de suite, et il courut à lui, dès qu'il le vit.

— Réjane ! interrogea-t-il en prenant les mains du vieux garde.

Ce dernier était visiblement soucieux et préoccupé, mais, dès qu'il entendit le nom de mademoiselle de Graçay, son visage s'éclaira.

— Dieu merci, mademoiselle Réjane est tout à fait remise, et j'ajouterai même que je ne l'ai jamais trouvée plus fraîche, ni plus souriante...

— Chère enfant...

— Du reste, tout s'est passé à souhait... nous sommes rentrés sans que personne se soit douté que nous étions sortis... la vieille Ursule elle-même n'y a vu que du feu.

— Et le général ?

Le front de Martial s'assombrit à cette question.

— Ah! le général!... répondit-il... c'est autre chose.

— Aurait-il quelque soupçon?

— Ce n'est pas cela... seulement, tous les matins, en se réveillant, sa première occupation, c'est de lire son journal.

— Eh bien!

— Eh bien! voyez-vous, il paraît que les journalistes sont de fameux bavards, et qu'ils ne peuvent pas retenir leur langue... Si bien que le général a pu apprendre, ce matin, que M. Charles Cardinet avait été arrêté cette nuit.

— Tu crois?...

— J'en suis sûr... il ne m'a rien dit, parce qu'il n'a pas l'habitude de conter ses affaires à tout le monde; mais quand je me suis présenté dans sa chambre, je l'ai trouvé sombre, agité, se promenant de son lit à la fenêtre, avec un froncement de sourcils que je connais... et qui ne dit rien de bon.

— Enfin...

— Enfin, il a écrit une lettre, qu'il m'a chargé de porter à son adresse.

— Et cette lettre?

— Elle était pour le procureur impérial.

— Alors, il sait tout!

— Je le crois.

— Et il n'y a rien à faire?

— Avec le général, le mieux est d'attendre!

— Quelle est donc son idée?

— Je n'en sais rien.

— Pourvu que Réjane ne se doute pas...

— Quant à ça... il n'y a pas de danger !

— C'est égal, j'irai le voir; peut-être que ma présence le consolera un peu dans l'épouvantable douleur dont il vient d'être frappé...

Pendant que Gontran s'exprimait ainsi, Martial le regardait avec étonnement.

Le vicomte s'en aperçut.

— Qu'as-tu donc? interrogea-t-il, tout en continuant de s'habiller.

— C'est que, je vais vous dire, répondit Martial; en venant ici, j'avais une idée.

— Laquelle.

— Vous allez vous battre.

— Sans doute, ce soir, à cinq heures, à l'épée.

— A l'épée !... tant mieux : il y a plus de courage et moins de hasard... Comment tire votre adversaire.

— C'est la meilleure lame de Paris.

— Diable ! et vous n'avez pas pensé...

— A quoi !

— A vous faire la main, pardieu !... tenez... je n'étais pas précisément prévôt dans la gendarmerie, mais tout de même je passais pour une jolie lame : aussi, si vous vouliez...

Gontran serra en souriant la main du brave garde...

— Merci, mon ami, lui dit-il, merci. Je n'ai aucune raison de recourir à ce moyen. Si mon adversaire est de première force, je ne suis pas

10.

maladroit non plus, et je m'en remets à la grâce de Dieu.

— Alors, je n'insiste pas ?

— Non... Retourne auprès du général ; assure-le de mon respect et de mon dévouement, et ajoute que, dans quelques heures, je serai près de lui.

Martial ne fit pas d'autre objection et s'éloigna.

Ainsi qu'il l'avait annoncé, vers une heure, Gontran se faisait conduire rue de Varenne, et demandait à parler à M. de Graçay-Chambrun.

Seulement, quand il se trouva en présence du général, il ne put retenir un geste de stupeur et recula effrayé à la vue de ses traits altérés et de l'expression presque sinistre de son regard.

XIX

Cependant, dès qu'il aperçut le vicomte, M. de Graçay parut revenir à lui, et il vint au-devant du jeune homme, la lèvre presque souriante.

— Je suis heureux de vous voir, dit-il avec effusion, je me reprochais déjà de ne pas avoir répondu encore à la lettre affectueuse que vous m'avez adrsssée hier.

Gontran s'inclina.

— Vous excuserez mon impatience, général, répondit-il; j'avais hâte de connaître mon sort, et je voulais vous dire surtout que vous tenez entre vos mains le bonheur de toute ma vie.

M. de Graçay ferma les yeux, sous l'empire d'un sentiment mêlé de tendresse et de mélancolie.

— J'aurais dû comprendre cela, dit-il ; seulement, avant de prendre aucune résolution, j'avais à consulter ma chère petite Réjane, car elle ne dé-

pend que d'elle-même, et je ne voulais point exercer une pression que je pusse regretter plus tard.

— Vous lui avez parlé? interrogea hypocritement
Gontran.

— Oui, mon ami.

— Et mademoiselle Réjane n'a pas repoussé ma
demande?

— Elle a fait mieux... elle a répondu qu'elle serait
heureuse de devenir vicomtesse d'Epernon.

Gontran serra les mains du vieillard.

Ce dernier remua douloureusement la tête.

— Ah ! ne vous hâtez pas trop de vous réjouir,
mon ami, reprit-il après un court silence... car cette
union, qui est désormais le plus ardent de mes
vœux, bien des obstacles peuvent la retarder encore,
si même ils ne doivent pas l'empêcher à jamais.

— Que dites-vous ! balbutia Gontran interdit.

— Vous ne pouvez deviner pourquoi je vous parle
ainsi, poursuivit M. de Graçay... Vous avez suivi,
vous, l'étroit sentier de l'honneur dans lequel votre
père a guidé vos premiers pas... Vous avez pris de
bonne heure votre chemin sur les hauteurs de la
vie, et jamais depuis, le pied ne vous a glissé dans
la route que vous avez parcourue... Malheureusement, tous les fils ne vous ressemblent pas, et vous
ignorez les épouvantables épreuves par lesquelles
j'ai passé depuis quelques années.

— Général !...

— Je vous dois ces confidences — au moment
où vous vous préparez à entrer dans la famille de
Graçay-Chambrun, vous avez le droit de connaître...

— Mais je n'ai rien à apprendre !... interrompit vivement le vicomte.

— Comment cela? fit le général en tressaillant.

— Lorsque j'ai demandé la main de mademoiselle de Graçay... je connaissais l'histoire de votre passé douloureux... et je n'ai pas eu une seconde d'hésitation... Ah ! ce n'est pas vous, général, qui voudriez faire peser sur la pure enfant la responsabilité des fautes d'un autre...

— Son frère !

— Qu'importe...

— Un malheureux, qui a indignement souillé le nom que je lui ai donné.

— Eh ! qui osera s'en souvenir, quand mademoiselle de Graçay-Chambrun s'appuiera au bras de son mari, le vicomte d'Epernon...

Le général ne répliqua pas tout de suite. — Il avait relevé le front à cette fière réponse, et son cœur se troublait à la pensée que, lui aussi, aurait pu avoir un fils qui eût agi et parlé comme le jeune gentilhomme.

Cette impression fut courte; il reprit :

— Soit !... dit-il d'une voix saccadée et nerveuse; soit ! je ne doute pas de vous, mon cher enfant, mais je songe avec amertume que votre dévouement chevaleresque peut se trouver exposé à bien des déceptions, et c'est sur ce point que je veux vous mettre en garde.

— Expliquez-vous !...

— Vous savez le passé... mais nul ne vous a encore parlé du présent.

— Comment ?...

— Il est arrivé hier une chose horrible.

— Laquelle ?

— Un homme a été arrêté au théâtre des Variétés.

— Charles Cardinet ?

— Vous le connaissez ?

— Sans doute.

— Mais vous ignorez ?...

— Je n'ignore rien, général... et c'est parce que j'ai assisté moi-même à l'arrestation de ce malheureux... que j'ai tenu à venir, ce matin, vous renouveler la demande que je vous avais faite hier.

M. de Graçay laissa retomber ses bras le long de son corps : une rougeur de honte avait monté à son front. Un sanglot déchirant soulevait sa poitrine.

— Lui ! murmura-t-il avec effort... c'est bien lui, n'est-ce pas ?

— Mais... je le crois.

— Moi, j'essayais de douter encore...

— Ah ! que Réjane... au moins... ne sache jamais !...

Le général fit un geste énergique et crispa ses doigt irrités.

— Non... non !... jamais... répondit-il d'un ton farouche... C'est le dernier coup, celui-là... Voyez-vous... le vase s'était rempli peu à peu... jusqu'au bord... ceci est la goutte qui l'a fait déborder... et il faut en finir.

— Général !

— Je sais ce qui me reste à faire.

— Que voulez-dire ?

— Rien.

— Ah ! nous partirons... nous irons, loin de Paris, loin de France... vivre ignorés... et oubliés... Songez-y !... et laissez-moi vous dire, après l'aveu que vous m'avez fait, qu'il s'agit maintenant du bonheur de votre enfant.

— Je ne pense pas à autre chose.

— Gardez-vous de le compromettre.

— Je veux l'assurer, au contraire.

— Comment.

— C'est un secret entre Dieu, et moi ! et... je suis sûr d'avance qu'il m'absoudra.

En parlant ainsi, M. de Graçay avait fait quelques pas à travers la chambre et venait d'approcher de la fenêtre.

Tout à coup il tressaillit.

Réjane était dans le jardin et marchait dans les allées, en compagnie de Martial.

La jolie enfant était visiblement inquiète, Martial lui avait dit que Gontran se trouvait auprès de son père ; elle pensait que la conversation durait bien longtemps, et de temps à autre elle jetait un regard furtif vers la fenêtre.

Le vieillard sentit une larme perler sous ses cils et se tourna vers Gontran.

— Nous nous sommes dit tout ce que nous devions nous dire, ajouta-t-il ; j'ai à sortir bientôt, et je vous rends votre liberté pour aujourd'hui ; d'ailleurs, je crois bien que Réjane s'impatiente un peu de notre entretien si long ; allez la rassurer, mon ami, et dites-lui surtout que je bénis votre amour, et que son bonheur sera la plus douce consolation que Dieu puisse réserver à ma vieillesse.

Gontran allait se retirer, quand un domestique apporta un pli qu'un garde de Paris venait de déposer chez le concierge.

Le général s'en empara vivement, et en déchira l'enveloppe d'une main fiévreuse.

Il en eut à peine parcouru les premières lignes que son visage s'éclaira.

Il avait suffit d'un regard à Gontran, pour reconnaître la provenance de cette lettre. L'enveloppe portait, à l'angle gauche, le timbre du parquet du procureur impérial.

Malgré lui, il se sentit frissonner.

C'était la réponse à la lettre que le général avait fait porter le matin, par Martial.

Il ne fit aucune remarque cependant... il salua et sortit.

Sur le seuil de la salle à manger qui ouvrait de plein pied sur le jardin, il aperçut Réjane qui l'attendait.

Elle l'accueillit d'un sourire enivré.

— Combien j'avais hâte de vous revoir, dit Gontran, je craignais que les émotions de cette nuit ne vous eussent fatiguée... et l'excellent Martial ne m'avait rassuré qu'à demi.

— Vous avez vu mon père ? interrogea Réjane... que vous a-t-il dit ?

— Eh ! de quelle chose voulez-vous qu'il me parle, si ce n'est de votre bonheur...

— Alors, il est heureux.

— Presque autant que moi !...

— Il avait l'air si soucieux, ce matin...

A son tour, Gontran se prit à sourire.

— Eh ! n'est-ce pas naturel, répliqua-t-il, s'empressant de chasser toute fâcheuse impression de l'esprit de l'enfant ; le général s'inquiète à bon droit, il faut bien le reconnaître.

— Pourquoi ?

— Le bonheur, c'est chose grave.

— Sans doute.

— Et peut-être craint-il... que vous ne m'aimiez pas assez pour...

La main de Réjane trembla dans celle du jeune homme.

— Si mon père doute de mon amour, répondit-elle, les yeux dans ceux de Gontran, vous, du moins, vous y croyez, n'est-ce pas ?

Par un mouvement plein d'oubli, le vicomte l'attira contre sa poitrine.

En ce moment, deux heures sonnèrent au cartel de la salle à manger.

Il revint à lui et se dégagea doucement.

— Voyez ! dit-il alors, voici deux heures... et il faut que je vous quitte...

— Déjà.

— C'est de vous que je vais m'occuper.

— Mais je vous reverrai.

— Bientôt.

— Ce soir ?

ontran eut un moment d'embarras.

— Ce soir ! répondit-il... oui, peut-être... je ne sais.

— Pourquoi.

— Il faut que je voye la duchesse de Frileuse, ma sœur, que je lui annonce mon bonheur... que nous causions affaires ! Ni elle, ni moi n'y comprenons rien... et vous pouvez vous imaginer que ce sera long.

— Alors... c'est demain que je vous reverrai.

— Demain, oui.

— Vous viendrez de bonne heure !...

— Chère Réjane ! ah ! vous ne saurez jamais à quel point votre amour me rend heureux... et voilà que maintenant, j'ai presque peur de mourir avant le moment où je pourrai vous appeler ma femme.

— Voulez-vous bien vous taire ! Si vous n'avez que de vilaines pensées comme cela... je vais vous renvoyer.

— A demain donc...

— Oui... à demain ! à demain !

Gontran partit.

Il avait le ciel dans le cœur... et jusqu'au moment où il atteignit la Chaussée-d'Antin, la voix de l'enfant résonna à son oreille, répétant les doux aveux qu'elle venait de lui faire...

Mais quand il approcha de sa demeure, un sentiment bien différent s'empara de lui... et tout son sang afflua vers son cœur.

Il était près de trois heures.

Une heure encore, et ses témoins viendraient le prendre, pour se rendre à Vincennes.

Il fit quelques préparatifs et s'habilla.

Il était redevenu sérieux et grave, et ne songeait plus qu'à Beverley.

Il n'eut pas du reste une seconde la pensée que cette rencontre pourrait lui être fatale.

Il était très-fort à l'escrime; il avait eu plusieurs affaires d'honneur dans lesquelles il n'avait jamais été blessé... cette fois, il comptait de plus sur son bon droit.

Le temps s'écoula vite... quatre heures sonnaient à sa pendule, quand la porte s'ouvrit pour livrer passage à Sosthène et à Saint-Clair.

— A la bonne heure... vous êtes exacts! fit Gontran, en passant son pardessus.

— Puisque vous voilà prêt, répondit Sosthène, partons.

Gontran alluma un cigare, et suivit ses seconds.

Peu après, la voiture s'ébranlait, emportant les trois jeunes gens dans la direction de Vincennes.

Or, à la même heure, le général de Graçay-Chambrun sortait seul de la maison de la rue de Varenne, et s'acheminait à pied jusqu'à la station de voitures la plus prochaine.

Une fois là, il fit signe à un cocher qui s'empressa d'ouvrir la portière de son fiacre.

— Où faut-il vous conduire ? demanda l'humble automédon.

Le général avait pris place à l'intérieur : il passa la tête à la portière.

— Préfecture de police ! répondit-il d'une voix ferme.

Et le fiacre s'éloigna dans la direction des quais.

XX

Depuis le matin, Charles Cardinet était au dépôt de la Préfecture.

C'est là que chaque jour la police amène les malfaiteurs qu'elle a cueillis dans la journée ou au cours de la nuit.

On ne reste pas au dépôt. C'est une sorte de caravansérail où l'on ne fait que passer. Il y règne un mouvement incessant, un va-et-vient continuel de tout ce que la capitale contient de réfractaires ou de criminels.

La police a promené sa drague dans les bas-fonds sociaux ; les postes des différents commissariats ont reçu le produit de cette pêche quotidienne, et à l'heure réglementaire, les *paniers à salade* emportent à la Préfecture les nombreux contingents du vol, de la débauche et du crime.

Un lieu sinistre et d'un aspect spécial.

On assure qu'il s'opère, à Paris, à peu près cinq cents arrestations par jour.

Pour l'observateur, à certains jours, le Dépôt est en quelque sorte une représentation exacte des vices et des passions qui rongent notre corps social, — un musée Dupuytren d'ordre moral.

Nous avons dit que l'on ne faisait que passer au Dépôt de la préfecture.

Les malfaiteurs qui y sont écroués, n'y restent en effet, que le temps rigoureusement nécessaire pour que le *Petit parquet* leur fasse subir un interrogatoire sommaire, établisse autant que possible leur identité, et détermine approximativement le délit qui leur est reproché.

Cela fait, les prévenus quittent la Préfecture... laissant la place à d'autres, et vont attendre, à Mazas ou ailleurs, que l'instruction commence.

Il y a au Dépôt trois salles communes, dont deux sont affectées aux hommes, dont la troisième est réservée aux femmes.

En outre, il existe un grand nombre de cellules simples ou doubles.

L'aménagement est partout le même.

Dès que l'on a mis le pied dans cet établissement, toute distinction cesse. Vous aviez un nom, vous n'avez plus qu'un numéro. Vous n'êtes encore ni coupable, ni même accusé; mais vous êtes prévenu !

Chose redoutable !

Les cellules sont situées au rez-de-chaussée, à

droite et à gauche d'un large couloir où rôdent à toute heure de jour et de nuit les gardiens préposés à la surveillance.

Dans la lourde porte, qui ferme chaque réduit sombre, un guichet reste éternellement ouvert.

Vous ne pouvez faire un geste de révolte, ni proférer une parole de défaillance, sans qu'à l'instant même, geste ou parole ne soit surpris et retenu.

Vous ne vous appartenez plus, vous appartenez à la Justice.

C'est un engrenage. Le mouvement est donné... il faudrait un miracle pour l'arrêter.

Cette situation est effrayante pour l'innocent... elle est effroyable pour le coupable...

Depuis le matin, Cardinet n'avait pas entièrement repris possession de lui-même.

Dans les premiers moments même, il avait cru qu'il allait devenir fou.

Être enlevé ainsi brusquement au bruit de la vie parisienne dans ce qu'elle a de plus excessif et de plus attrayant, et se retrouver tout à coup, sans transition, entre les murs d'une cellule silencieuse, où l'air pénètre à peine, et où l'on sent à tout instant peser sur soi le regard d'un gardien soupçonneux, il n'en fallait pas tant pour perdre la raison.

Cependant, il finit par se calmer.

Les émotions de la nuit l'avaient brisé, et en dépit de sa fatigue, il avait pu reposer quelques heures.

Quand il se réveilla, un rayon de soleil glissant à travers l'étroite meurtrière qui simulait une fenêtre, jouait sur les murs de la cellule, et en atténuait un peu le sombre aspect...

Il sauta de son lit et fit quelques pas.

Il était plus calme, mais sa situation lui apparaissait néanmoins dans toute son horreur.

Qu'allait-il faire? que pouvait-il tenter?

Rien.

Il était perdu... sans espoir... et c'est la prison... le bagne qui l'attendait!...

Le temps de la réflexion fut très-court... il y avait à peine une demi-heure qu'il s'était levé... quand la clef grinça dans la serrure, et que le guichetier poussa la porte massive.

Il frissonna.

— Numéro 24 ! appela le guichetier.

Le numéro 24, c'était Cardinet...

Il sortit...

Il y avait là un garde de Paris, qui lui passa au poignet cette petite chaînette que l'on appelle le *cabriolet*, en terme de police, et qui l'emmena, sans même lui dire où il le conduisait !

Cardinet se laissa faire.

C'était d'ailleurs un homme sans énergie et absolument passif : un jour, il avait rencontré Lombard sur sa route, et il l'avait suivi. Une fois engagé dans la voie fatale, il était allé jusqu'au bout.

Quelques minutes plus tard, il comparaissait devant le substitut du procureur impérial.

L'interrogatoire ne dura que peu de temps... il fut presque banal, si l'on peut s'exprimer ainsi.

Sur un point seulement, un incident se produisit,

qui reporta Cardinet dans un ordre d'idées tout nouveau et auquel, jusqu'alors, il ne s'était pas arrêté.

Après avoir adressé les questions d'usage, et sollicité les renseignements qui devaient servir de premiers éléments à l'instruction, le magistrat enveloppa le prévenu d'un regard vif et prompt.

— Vous venez de déclarer, lui dit-il d'un ton bref, que vous vous appelez Charles Cardinet.

— Oui, monsieur... répondit ce dernier.

— Cependant, nous avons quelque raison de croire que ce n'est là qu'un nom d'emprunt, destiné à dissimuler votre nom véritable.

— J'ai dit ce que j'avais à dire.

— Vous êtes résolu à ne faire sur ce point aucun aveu à la justice.

— Qu'importe que je m'appelle du nom de Cardinet ou d'un autre, puisque je me reconnais coupable des principaux faits qui me sont reprochés.

— Vous n'ignorez pas que nous avons des moyens sûrs pour établir tôt ou tard votre identité... ne serait-il pas plus simple que, de vous même...

— Je vous laisse le soin de découvrir la vérité.

— Alors, vous persistez dans votre refus.

— Je n'ai rien à ajouter.

— Cela suffit... Vous pouvez vous retirer.

Sur un signe du magistrat, le garde de Paris passa une seconde fois le *cabriolet* au poignet de Cardinet, et le ramena au Dépôt, où il fut aussitôt réintégré dans sa cellule.

Le malheureux y rentra avec des sentiments bien

11.

différents do ceux avec lesquels il en était sorti quelques instants auparavant.

Maintenant, il ne songeait plus qu'à une chose... c'est que d'un moment à l'autre, on allait apprendre qu'il ne s'appelait pas Charles Cardinet, mais bien Henry de Graçay-Chambrun.

Et l'image de son père et celle de Réjane passèrent devant son regard épouvanté.

Ce fut horrible !...

Cette fois, c'était bien la honte et le déshonneur pour le vieillard et pour l'enfant, et à l'impasse redoutable où il se sentait acculé, il n'y avait plus d'issue possible.

Il resta longtemps, assis sur sa couchette, l'œil fixe, l'esprit hanté par mille fantômes.

Il ne respirait plus qu'avec peine, une sorte de râle sifflait dans sa gorge; il eût voulu pleurer, il ne pouvait pas.

Tout à coup, il poussa un cri, et sa chair se prit à frissonner.

Puis, le corps tendu, les pupilles dilatées, il prêta l'oreille.

Qu'avait-il entendu?...

Un murmure... un souffle — mais tout son sang s'était figé dans ses veines...

Car ce murmure ou ce souffle lui avait apporté comme un écho de la voix de son père !...

Ce ne pouvait être qu'une erreur ne hallucination. C'était impossible... invraisemblable... un rêve cruel qu'il faisait tout éveillé...

Et pourtant !

Pendant qu'il écoutait, le bruit s'était rapproché...
Maintenant, il entendait le guichetier s'avancer à
l'appel du directeur du dépôt, et, presque aussitôt,
la clef tourna pour la seconde fois dans la serrure,
et la porte roula sur ses gonds.

Cardinet prit son front dans ses mains et se laissa
tomber à genoux.

Le général venait d'entrer dans la cellule...

— Mon père ! mon père? balbutia le malheureux,
avec un sanglot déchirant...

Le général eut un geste farouche.

— Ah ! taisez-vous ! interrompit-il d'une voix
rude, ne donnez pas le soupçon du lien de parenté
qui nous unit au gardien qui veille à cette porte.

Puis, il reprit, après un court silence :

— Le temps qui m'a été accordé, dit-il, est d'ailleurs très-limité, et nous avons des résolutions graves
à prendre; relevez-vous et écoutez-moi.

Henry obéit; il se leva, et alla s'adosser à la couchette sans oser lever les yeux sur le général.

Ce dernier poursuivit :

— C'est ce matin, t-il, que j'ai appris votre
arrestation... je savais, depuis quelque temps déjà,
que vous étiez à Paris, et que vous y viviez sous le
nom de Cardinet... Moi qui vous connais, je ne doutais pas qu'une catastrophe ne fût prochaine, mais
je ne la croyais pas imminente... le récit de ce matin
a été comme un coup de foudre, et c'est à peine
si je pouvais y ajouter foi... il l'a bien fallu cependant...

— Si vous saviez !... voulut dire Henry.

— Ne m'interrompez pas... dès que le doute n'a plus été possible, dès que j'ai compris que la honte était consommée, et que sous votre nom d'emprunt on ne tarderait pas à lire le nom honorable que vous n'avez plus le droit de porter... Alors, mon parti a été vite pris.

— Qu'avez-vous fait?...

— J'ai demandé au procureur impérial une audience qu'il m'a accordée; je lui ai dit que vous étiez mon fils, que je désirais vous parler... et ce magistrat, qui est père, lui aussi, a eu pitié de mes larmes, et s'est rendu à ma prière.

— Mon Dieu!

— Nous voici donc en présence encore une fois... mais il ne peut plus y avoir, à cette heure, ni hésitation, ni compromis... et je viens vous demander ce que vous comptez faire...

Henry releva timidement le front, et son regard osa affronter celui du général.

— Je ne comprends pas!... dit-il d'un ton vague.

— J'ai l'intention d'être explicite, et vous comprendrez, je l'espère... Le crime pour lequel vous avez été arrêté, est, paraît-il, manifeste... vous avez volé des sommes considérables qui vous avaient été confiées... et vos aveux, sur ce point, ont été des plus complets.

— Sans doute...

— Selon la marche régulière des choses, vous allez prochainement vous asseoir sur les bancs de la cour d'assises, et vous serez condamné au bagne!... eh bien, je suis venu vous dire — et retenez bien mes paroles — je suis venu vous dire qu'il ne faut pas que cela soit !

— Mais quel moyen ? interrogea anxieusement le malheureux.

— Il y en a un.

— Dites !... ah ! dites.

Et je ne sais quel espoir insensé illumina tout à coup son regard et fit resplendir son visage.

Le général remarqua ce mouvement, et il eut un froncement énergique des sourcils.

— A quoi songez-vous donc ? dit-il d'un ton âpre et glacial, et quelle pensée vous est venue ?

— Mon père !...

— Le père a disparu... il ne reste plus que le juge !... et celui-ci sera implacable et terrible, autant que l'autre a été indulgent et faible.

Henry baissa la tête... et ne répondit pas.

Le général poursuivit :

XXI

— Je vous ai sauvé dix fois de l'infamie, dit-il, espérant toujours vous ramener aux sentiments d'honneur qui sont la tradition de notre famille. Pour
vous, j'ai compromis ma fortune, et ce qui m'était
plus cher et plus sacré, celle de votre sœur ! Rien
n'a pu vous toucher, ni la honte, ni le désespoir que
vous répandiez sur ce foyer qui avait abrité vos premières années ! Eh bien, la mesure est comble aujourd'hui, le temps de la faiblesse n'est plus, et
l'heure de la justice a sonné.

Il y eut un moment de silence fort court, puis M.
de Graçay reprit :

— J'ai à vous parler de votre sœur, dit-il.

— Réjane !

— La pauvre enfant a conservé la sainte affection
fraternelle qu'elle vous avait vouée... et le soupçon
des désordres auxquels vous vous êtes abandonné

n'a pas même effleuré sa pensée... Il faut donc qu'elle ignore toujours... qu'elle ne sache jamais à quel degré d'abjection vous êtes tombé... et je ne veux pas que le souvenir de votre passé... puisse éternellement peser sur son avenir.

— Ah ! que dois-je faire pour cela?...

— Je vais vous le dire... écoutez-moi ? Hier, il s'est passé une chose grave... dont doit dépendre le bonheur de votre sœur !...

— On a demandé sa main?

— Oui.

— Le vicomte d'Epernon?

— Vous savez cela ?

— On me l'a dit... Je l'ai appris... et dans la douloureuse situation où je me trouve... si je pouvais...

— Vous pouvez assurer son bonheur.

— Moi !

— Vous seul.

— Comment?

Son regard interrogea le général.

— Le vicomte d'Epernon sollicite la main de Réjane, continua M. de Graçay, et il n'a pas reculé devant les tristes révélations qui lui ont été faites à cette occasion... il a généreusement persisté dans sa demande, même depuis qu'il sait qu'il doit épouser la sœur du banquier Cardinet?

— Eh bien?

— Eh bien... le vicomte a sa manière chevaleresque de comprendre et de pratiquer l'honneur, mais moi, j'ai la mienne aussi, et jamais, dans l'état présent, je ne consentirai à une pareille union.

— Cependant...

— Ah! sans doute, l'amour de M. d'Epernon est
assez puissant aujourd'hui pour dédaigner les considérations devant lesquelles s'arrêterait un cœur
moins élevé. Mais, demain, dans quelques semaines,
quand les débats de la Cour d'assises auront livré
notre honte à toutes les publicités malsaines; quand
l'arrêt de la justice vous aura retranché de la société et qu'à toute heure du jour sa pensée se repor-
tera vers le sinistre pénitencier où vous expierez
votre passé criminel, l'amer regret d'une générosité
irréfléchie, pèsera sur son esprit, son amour se gla-
cera, et la vie de ma pauvre Réjane sera empoison-
née pour toujours. Je ne veux pas que cela soit !

Cette explication, donnée par le général, Henry
de Graçay la comprenait fort bien, et il partageait
les appréhensions de son père sur une union accom-
plie dans de semblables conditions.

Mais ce qu'il ne démêlait pas encore, ce qu'il
cherchait vainement à deviner, c'était le moyen de
conjurer le danger.

— Oui, vous avez raison, répondit-il, il ne faut
pas que cela soit. Mais vous disiez tout à l'heure
que moi seul je pouvais assurer le bonheur de Réjane.

— Je le répète !

— Je ne vois pas...

— C'est que vous ne cherchez pas dans la droi-
ture et dans l'honneur.

— Que voulez-vous dire ?

Le général eut un moment d'hésitation... on sentait qu'il touchait au point solennel de cet entretien.

Il fit un effort énergique sur lui-même.

— Vous n'avez pas oublié, dit-il d'une voix ferme, la grande salle du château de Graçay-Chambrun, où sont placés les portraits de nos ancêtres, et vous vous rappelez encore peut-être que, parmi ces portraits, il en est un devant lequel nul ne passait sans s'incliner avec respect?

— Mon bisaïeul, le marquis de Graçay-Dufort.

— Lui-même...

— Je m'en souviens.

— Et vous rappelez-vous aussi la manière dont il est mort?

— Mais...

— C'était en 93... année terrible! le marquis, résistant à toutes les prières, avait voulu rester à Paris... dans cet hôtel de la rue de Grenelle où il était né, et où il avait vieilli... il était du nombre de ces aveugles sublimes dont aucune lueur sanglante ne peut éclairer la cécité volontaire... il était resté inébranlable dans sa foi, confiant dans son droit... n'admettant pas qu'il pût être atteint jamais par le cyclone révolutionnaire.

Un jour cependant son hôtel est envahi... par les hordes qui venaient d'assassiner Louis XVI. La foule altérée de sang se répand à tous les étages de l'hôtel, et arrive enfin à l'appartement qu'occupait le marquis...

Il était là... calme, altier, en apparence indifférent, et, quand les bandits se ruèrent dans sa chambre, il se leva et salua sans pâlir.

— Que me voulez-vous ? demanda-t-il à ceux qui pouvaient l'entendre.

— Qu'il crie : Vive la nation et vive la République ! dirent aussitôt cent voix.

Le marquis se contenta de sourire.

— Vive la France !... et vive le roi !... répondit-il.

Et comme à ce cri un des forcenés l'avait rudement saisi à l'épaule :

— Prenez garde, l'ami... dit encore votre aïeul.

Il venait de prendre sur son bureau un double pistolet d'arçon... il en dirigea le canon sur celui qui l'avait appréhendé et fit feu... puis, tandis qu'un tumulte effroyable s'élevait de la foule à cet acte inattendu, il tourna l'arme contre lui-même, et se déroba par la mort au sort qui l'attendait.

Henri de Graçay avait écouté ce récit avec une poignante émotion. Quand il eut fini, il baissa le front et garda le silence.

Pour la première fois, il venait de comprendre ce que voulait dire ce souvenir évoqué par le général, et tout son sang se glaçait dans ses veines.

M. de Graçay n'était pas moins ému de son côté, et il détournait son regard, pour ne pas voir la pâleur mortelle qui s'était répandue sur les traits de son enfant.

Cependant cela dura peu de temps ; les instants étaient précieux ; l'heure accordée au général était presque écoulée.

— Vous ne répondez pas ?... dit-il alors d'une voix mal assurée...

— Eh!... que voulez-vous que je réponde... balbutia le malheureux Henry.

— Il faut prendre un parti.

— Mon Dieu!...

— Quand je me serai éloigné... il sera trop tard.

— Mais ce que vous demandez...

— C'est le seul refuge qui vous reste.

— Ah! ma tête se perd.

— Je ne vous parle pas de moi, qui suis depuis longtemps résigné; mais... votre sœur.

— Réjane!

— Voulez-vous qu'elle meure de désespoir et de honte.

— Ne dites pas cela.

— Vous pouvez faire qu'elle vous plaigne. Préférez-vous qu'elle vous haïsse ou vous méprise!

Henry de Graçay se dressa effaré, et fit quelques pas à travers la cellule.

Ses cheveux se hérissaient sous ses ongles affolés... Ses yeux, démesurément ouverts, projetaient des lueurs fauves à tour de lui... Sa poitrine avait des sifflements sinistres comme à l'approche des affres de la mort.

On eût dit que le sol vacillait sous lui. Ses jambes flageolaient... il allait titubant ainsi qu'un homme ivre; il n'appartenait plus, pour ainsi dire, à ce monde!

— Soit! dit-il enfin d'une voix pleine de désordre... Vous le voulez, je le veux aussi!... Soit!... D'ailleurs, j'ai assez de cette vie odieuse que je traîne depuis si longtemps!... Et puis... je ne pensais plus à la pauvre et chère enfant... tandis que maintenant.... je ne pense plus qu'à elle... Réjane... ma bonne petite Réjane!... Mon Dieu!... comme j'aurais voulu l'embrasser une fois encore...

— Y pensez-vous?...

— Ah!... songez-y vous-même, — c'est horrible. — Si vous saviez comme je l'aime, depuis hier!... Mais vous avez raison, il faut qu'elle soit heureuse... Il ne faut pas qu'elle ne soupçonne jamais... et je vous jure... Seulement, je suis surveillé étroitement... demain, je serai transféré à Mazas... et là...

— Aussi, ne devez-vous pas remettre à demain...

— Mais je n'ai aucune arme...

— J'ai tout prévu !

— Comment?

— Et je vous apporte... dans ce flacon... une mort prompte et sûre.

En parlant ainsi, M. de Graçay présenta à son fils un flacon de cristal qu'il venait de tirer de sa poche.

Un sanglot monta à la gorge d'Henry, qui instinctivement fit un geste d'horreur.

— Cette heure est terrible entre toutes!... balbutia-t-il, saisi d'une épouvante sans nom. Ah! Dieu me pardonnera-t-il, au moins...

Il prit le flacon d'une main fébrile.

— Mourir... c'est cela ! continua-t-il, sans avoir peut-être tout à fait conscience de ce qu'il disait; Réjane... ma douce petite sœur, c'est pour toi, pour toi, entends-tu : ne m'oublie pas surtout ! aime-moi toujours, conserve mon souvenir dans ton cœur si tendre et si bon !... moi, je ne te verrai plus et mes lèvres ne presseront plus ton front pur... mon Dieu !

Il se tourna alors vers M. de Graçay.

— J'ai été bien coupable, ajouta-t-il, mais je meurs avec l'espoir que vous me pardonnerez un jour tout le mal que je vous ai fait !

Puis, approchant le flacon de sa bouche, il le vida d'un trait.

A ce mouvement, le général plongea sa tête dans ses mains, et s'adossa au mur pour ne pas tomber.

C'en était fait !...

M. de Graçay avait dit que le poison était prompt... et l'événement ne tarda pas à justifier son affirmation.

Deux minutes à peine s'étaient écoulées quand Henry proféra une plainte douloureuse.

Le général releva la tête.

Son fils était devant lui, le front baigné de sueur, l'œil hagard... la face contractée et livide...

Un frisson parcourut tous ses membres.

— Oh ! je souffre, j'étouffe... murmura le malheureux, les dents serrées et la lèvre frangée d'écume.

Il sentait sa poitrine se déchirer... des voiles sombres passaient devant son regard... quelques secondes encore, et il allait mourir !...

Il leva ses mains suppliantes vers M. de Graçay.

— Général... dit-il d'une voix brisée... Général... ne voulez-vous pas que je meure dans les bras d'un père...

M. de Graçay n'y tint plus, il se précipita vers le malheureux qui allait rouler à terre, et le retint dans une étreinte passionnée.

— Mon fils, mon enfant! dit-il en éclatant en sanglots, entends-moi, ne meurs pas! Je t'aime et je te pardonne!

C'est tout ce qu'il put dire.

Un sourire d'une expression indéfinissable avait relevé les lèvres du moribond. Il s'affaissa presque aussitôt sur lui-même, et le général n'eut que le temps de le déposer sur sa couchette.

Il était mort foudroyé.

M. de Graçay attendit encore un instant, puis, quand il vit qu'il n'avait plus devant lui qu'un corps inanimé, il se rua vers la porte, gagna la cour du Palais de Justice et sauta dans la voiture qui l'attendait dans la rue.

Un quart d'heure après, il était rue de Varenne.

Dans la situation d'esprit où il se trouvait, après la scène à laquelle il venait d'assister, il était bien résolu à aller s'enfermer dans sa chambre, et à n'en permettre l'entrée à personne sous aucun prétexte.

Mais il était loin de prévoir ce qui l'attendait.

Il avait à peine pénétré dans l'antichambre qu'il y rencontra Réjane, que le bruit de la voiture avait amenée là.

Réjane. le visage défait, les cheveux en désordre, en proie à une émotion qu'elle ne cherchait même pas à dissimuler.

Martial l'avait suivie, essayant vainement de la calmer.

Le général s'arrêta stupéfait.

— Qu'y a-t-il? demanda-t-il, troublé, malgré lui, par l'appréhension d'un nouveau malheur..

— Il y a! répondit Réjane, il y a, qu'à l'heure où je vous parle, Gontran, mon Gontran bien-aimé est peut-être mort!

Et elle alla cacher sa tête sur la poitrine de son père.

XXII

Le général la regarda avec étonnement.

— Gontran !... mort... qu'est-ce à dire ? fit-il sans comprendre...

Et il se tourna vers Martial, qui baissa les yeux sous le regard interrogateur de son ancien maître.

Réjane était déjà revenue à elle.

D'un geste vif et prompt, elle avait essuyé les larmes qui baignaient ses joues, et elle présentait au général une lettre qu'elle venait de tirer de sa poche.

M. de Graçay lut et frissonna.

La lettre était odieuse et anonyme.

Elle annonçait que la veille, au théâtre des *Variétés*, le vicomte d'Épernon s'était pris de querelle avec Beverley, et qu'une rencontre devait avoir lieu le jour même.

— Infamie !... balbutia le général en froissant la

lettre entre ses doigts nerveux... quel est le misérable?...

Martial se rapprocha.

— Oh ! il est inutile de chercher, dit-il avec un
froncement des sourcils... — Moi, j'ai deviné tout de
suite.

— Qui est-ce donc ?

— Mademoiselle Dalbane.

— Herminie !...

— Elle était présente, hier, à la provocation...
et elle a cédé à l'entraînement d'une aveugle jalousie.

— La malheureuse !

Le général rejeta la lettre.

Un sentiment nouveau venait de s'emparer de
lui.

— Chère enfant ! dit-il en baisant longuement au
front la petite Réjane, la vie aura été bien cruelle
pour toi, et tu ne sais même pas encore les rudes
épreuves qui t'attendent peut-être... Mais il ne faut
pas ainsi t'abandonner toi-même. Reprends courage... reviens à toi... et espère en la bonté de Dieu,
que tu n'as jamais offensé...

— Mais il se bat... mon père... supplia l'enfant.

— Sans doute...

— On ne peut donc pas empêcher ce duel ?

— Quel moyen ?... Seulement ce n'est pas la première affaire dans laquelle Gontran se trouve engagé... ses premiers duels ont toujours été heureux... il n'y a pas lieu de s'effrayer ainsi.

— Mon Dieu!

— Attendons.

— Oui! et en attendant... voyez, je ne vis plus, et avant que nous apprenions l'issue de cette fatale rencontre, je serai morte d'inquiétude et d'épouvante! Et puis, tenez! est-ce un pressentiment, un avertissement?... Si vous saviez!... On ne m'avait rien dit, je ne me doutais de rien, et pourtant, depuis ce matin, il me semble qu'il y a de sinistres menaces dans l'air, et je sens autour de moi comme l'appréhension d'un malheur.

M. de Graçay tressaillit.

— Que signifie?... murmura-t-il profondément troublé.

— Est-ce que je sais! répliqua Réjane. On n'est pas maîtresse de ça, mais j'ai peur; d'ailleurs, il y a une confidence que je ne vous ai pas faite et qui, depuis cette nuit, pèse bien lourdement sur mon cœur.

— Explique-toi.

— Je vous ai caché, ou plutôt je n'ai pas eu le temps de vous raconter que j'ai vu Henry...

— Toi!

— Je vous dirai cela, longuement, un autre jour, quand nous serons plus calmes. Mais dès à présent, je puis vous confier que je l'ai vu, cette nuit, et que je lui ai promis...

— Quoi! quoi!

— Ne me grondez pas, mon bon père, il vous a offensé cruellement, mais moi, qui connais votre cœur si bon, je sais bien que vous ne serez pas im-

placable, et que vous ne refuserez pas de lui ouvrir
les bras le jour où il nous reviendra repentant et
soumis.

— Que dis-tu ?

— Je le lui ai promis.

— Ah ! c'est trop ! Je n'en puis plus ! Assez !

Le général faillit tomber ; Martial n'eut que le
temps de le retenir dans ses bras robustes.

Réjane jeta un cri.

— Mon père ! qu'avez-vous ? dit-elle en proie au
plus violent désordre ; j'ai donc eu tort de vous parler d'Henry et d'intercéder pour lui ; c'est impossible, vous l'avez toujours aimé, vous n'attendiez
que son retour pour lui pardonner. Ah ! vous ne
pouvez pas me tromper, moi ; et quand il viendra,
je lui dirai...

— Tais-toi ! fit le général d'une voix mourante.

— Pourquoi...

— Par grâce, par pitié, ne me tue pas avec de
pareilles paroles ; tais-toi ! tais-toi !

M. de Graçay promenait autour de lui son regard
troublé de folie, et il semblait supplier sa fille et
Martial dans l'état d'affaissement où il se trouvait.

Sans se rendre précisément compte de ce qui se
passait dans l'esprit de son maître, Martial eut un
vague instinct de la vérité, et il vint à son aide avec
cette familiarité qu'autorisait le dévouement qu'il
avait toujours témoigné aux châtelains de Graçay-
Chambrun.

— Le général a raison, dit-il en s'adressant à Réjane, et nous avons autre chose à faire en ce mo-

ment... si vous voulez bien me permettre d'exprimer
mon sentiment, je suis d'avis de me rendre immédiatement, rue de la Chaussée-d'Antin, pour y prendre
des nouvelles de M. le vicomte... ou attendre que
l'on y connaisse l'issue du duel... Ne jugez-vous
pas, mademoiselle, que c'est encore le parti le plus
sage ?

Un éclair de joie illumina le visage de Réjane...
Elle avait bien envie de sauter au cou du vieux
serviteur.

— C'est cela... c'est cela! dit-elle... et si mon père
le permet...

— Monsieur le général m'y autorise-t-il?

— Oui... mon ami, répondit M. de Graçay... Vas...
fais diligence, et dès que le vicomte sera rentré,
amène-le sans perdre de temps, car, moi aussi, j'ai
à lui parler...

Martial ne se fit pas répéter cet ordre... et presque
aussitôt il se jetait dans une voiture, et se faisait
conduire rue de la Chaussée-d'Antin.

Le vicomte d'Épernon était parti à quatre heures
avec ses deux témoins, et la voiture qui les empor-
tait avait pris la ligne des boulevards.

Pendant les premières minutes, Gontran demeura
un peu préoccupé, et Sosthène et Saint-Clair respec-
tèrent son silence, ne s'étonnant pas qu'au moment
d'une rencontre où il pouvait y avoir mort d'homme,
l'un des acteurs se montrât légèrement soucieux.

Cela dura à peine le temps d'en faire la remarque...

On n'avait pas atteint le Château-d'Eau que le

vicomte reprenait la complète possession de lui-même.

Sosthène en profita pour entamer la conversation, dans le but de ne pas laisser son ami à l'influence de pensées tristes.

— J'ai donné à votre cocher, dit-il, l'ordre de prendre par l'avenue Daumesnil.

— Où nous battons-nous? interrogea Gontran.

— A cent mètres environ des tribunes du champ de courses.

— C'est parfait... en passant par l'avenue Daumesnil, nous raccourcissons de beaucoup le trajet.

Et Gontran ajouta, un instant après :

— Vous avez bien réglé toute chose... n'est-ce pas? Il ne s'agit point ici d'un duel banal ; la cause en est sacrée et la rencontre ne cessera que dans le cas où l'un des deux adversaires serait mis hors de combat.

— Cela a été convenu et accepté par Beverley.

— A la bonne heure... vous avez eu le soin de prévenir un chirurgien?

— Précourt amènera celui de Beverley... et j'ai prié Darblay, qui est votre ami, de vouloir bien se trouver à cinq heures au lieu du rendez-vous...

Gontran serra la main de Sosthène, et la conversation prit dès lors un autre cours...

— Cette première représentation des *Variétés*, dit Saint-Clair, aura été féconde en événements de tout genre... vous ignorez peut-être, mon cher vicomte, ce qui s'y est passé.

— Probablement! fit Gontran.

12.

— Et d'abord... l'arrestation d'un homme que tout le monde connaissait à Paris, et dont la fortune, pour avoir été rapide, ne semblait pas moins solide...

— Qui cela?

— Cardinet.

— Je l'ai apprise...

— C'est déjà quelque chose de passablement bizarre, qu'une arrestation dans de pareilles conditions... mais l'autre est peut-être cent fois plus étrange encore.

— Qu'est-ce donc?

— Vous avez dû rencontrer quelquefois dans le monde un homme qui se faisait appeler le prince Lubiroff.

— En effet...

— Un moment, si je ne me trompe, il avait dû épouser la fille du banquier Dalbane.

— Précisément.

— Eh bien, il est acquis aujourd'hui que ce faux prince s'appelait tout simplement Lombard; que c'était un voleur de *primo cartello*, et qu'il entretenait des relations d'affaires avec le susdit Cardinet.

— Alors il a été arrêté avec son complice?

Saint-Clair fit un geste de dénégation.

— Pardieu!... la police est pavée de bonnes intentions, répliqua-t-il, et elle avait bien résolu de le mettre dans l'impossibilité de continuer son honnête commerce... Le théâtre était, hier soir, surveillé étroitement; on n'y pouvait faire un pas sans marcher sur un agent... Mais au moment où il allait être appréhendé... notre homme a disparu sans que l'on ait pu savoir ce qu'il était devenu.

— Est-ce possible ?...

— Cela est... de la salle il avait trouvé moyen de pénétrer sur la scène au moment où j'y entrais moi-même... et bien qu'on ait, après le spectacle, fouillé tous les coins, depuis les dessous jusqu'aux cintres, on n'a pu le découvrir.

— Il se sera glissé parmi la foule, à la sortie.

— Les agents assurent que c'est impossible.

— Voilà qui est invraisemblable !... fit Gontran.

— C'est ce que tout le monde dit... mais en attendant... et jusqu'à présent, il s'est dérobé à toutes les recherches.

Tout en causant ainsi, les trois jeunes gens avaient franchi le boulevard, enfilé la rue de Lyon, et maintenant ils venaient de s'engager dans l'avenue Daumesnil.

Sosthène passa la tête à la portière et fit un mouvement.

— Qu'y a-t-il ? demanda Gontran.

— Deux voitures, répondit Sosthène.

— Devant nous ?

— A dix mètres environ.

La voie qu'ils suivaient a été ouverte sous l'Empire, pour mettre en communication plus directe le faubourg Saint-Antoine avec le Polygone de Vincennes.

Elle est large, bien entretenue et permet d'éviter le long parcours par la barrière du Trône. Quand on se rend au champ de courses, le trajet peut s'effectuer par là en moins de vingt minutes.

Cinq heures sonnaient quand les trois voitures s'arrêtèrent à quelque distance des tribunes.

On était arrivé au lieu du rendez-vous.

Les témoins se groupèrent aussitôt; ils convinrent rapidement entre eux des dernières dispositions, on fit le choix des épées et Sosthène et Précourt invitèrent Gontran et Beverley à s'approcher.

Gontran était fort pâle et un peu agité. Il y avait bien du trouble dans son regard.

Au moment où il avait aperçu Beverley, le souvenir de Réjane avait traversé son esprit, et son cœur s'était pris à battre avec violence.

Mais l'heure était solennelle et grave. Son intérêt lui commandait de réagir contre cette défaillance passagère, et de chasser énergiquement toute préoccupation.

Il tendit la main à Précourt, et reçut l'épée de combat d'une main ferme.

Quant à Beverley, il était impassible et froid, et pas un muscle de son visage n'avait remué.

Il savait pourtant qu'il avait devant lui un adversaire qui en voulait à sa vie même, et qu'il serait sans pitié et sans générosité.

Cette perspective, si tant est qu'il y eût pensé, ne paraissait pas l'avoir touché.

Et quand, à son tour, il prit l'arme que lui offrait Sosthène, un œil exercé eût vu un pli railleur contracter sa lèvre inférieure.

Cependant Précourt venait d'engager les épées. — Il se retira alors de quelques pas, échangea un rapide regard avec ses amis, et donna le signal.

Le combat commença.

XXIII

Pendant la première minute, les deux adversaires ne firent, pour ainsi dire, que se tâter.

Les deux épées semblaient immobiles, et à peine, de temps à autre, les voyait-on remuer, comme 'sous l'influence d'un frissonnement magnétique.

Beverley et Gontran s'observaient.

Ils étaient tous deux à peu près d'égale force : plus d'une fois on les avait vus se mesurer dans la salle d'escrime de leur cercle.

Gontran avait plus d'élégance et une allure plus vive. Généralement, il engageait le fer avec une véritable furia qui déjouait ou déconcertait les parades troublées de son adversaire. C'est un jeu particulièrement brillant, bien fait pour provoquer les applaudissements de la galerie, mais qui présente plus d'un danger. Il est bien rare, en effet, qu'en procédant de la sorte, on ne s'expose pas à des écarts involontaires, qu'on ne se découvre pas sans s'en douter, et l'adversaire habile, plus maître de soi, peut alors se frayer un chemin facile jusqu'à votre poitrine.

Le jeu de Beverley était plus sobre, et par conséquent plus sûr. Il avait un poignet de fer, l'œil profond et clair, et ne laissait rien au hasard ni à la surprise.

Gontran avait-il réfléchi à tout cela?... on ne saurait l'affirmer : ce qu'il y a de certain, c'est qu'à l'étonnement des témoins, qui le connaissaient, et qui l'avaient vu souvent, le fleuret à la main, il sembla, pendant un instant, renoncer à l'attaque, et attendre que Beverley commençât l'engagement.

Cela dura au plus une minute.

Puis, tout à coup, au même moment, les deux épées s'agitèrent, tandis qu'un éclair s'allumait à leur pointe sous les rayons obliques du soleil.

Beverley venait de dégager son arme, et l'on entendit aussitôt le grincement sinistre de l'acier.

Chacun devint attentif, sous l'empire d'une émotion véritablement poignante.

C'est qu'aussi il n'y avait plus à se faire illusion sur la gravité de la situation.

Ils avaient devant eux deux hommes résolus que rien ne devait plus arrêter, et que la mort seule devait désormais séparer.

Les joues de Gontran, tout à l'heure pâles, s'étaient subitement colorées ; son torse élancé s'était comme ramassé sur lui-même et ses doigts se crispaient sur la poignée de son épée.

Beverley, lui, conservait en apparence la même impassibilité; son attitude ne s'était pas modifiée; seulement ses sourcils avaient une sombre expression, et son regard était devenu froid et glacé à l'égal de l'acier.

Gontran venait de prendre l'offensive, avec une retenue prudente et des dégagements encore hésitants; son épée allait et venait, tournoyant autour de celle de Beverley, et cherchant à l'éblouir par ses provocations félines... à l'éblouir ou à le fasciner.

Un oubli... une distraction !... et l'arme se précipitait foudroyante...

Son adversaire veillait !...

Il ne ripostait pas encore... et se contentait de parer.

Aucun des mouvements du vicomte ne lui avait échappé... et jusqu'alors il s'était constamment couvert d'une façon impénétrable...

Mais Gontran s'animait peu à peu... Son jeu devenait plus serré et plus pressant; trois fois déjà, sa pointe avait éraillé le linge de Beverley...

Un effort de plus, et c'en était fait de lui.

Tout à coup, plusieurs cris s'élevèrent du groupe des témoins, et Sancé courut à Beverley...

Gontran venait de se fendre — et au moment où il se relevait, on avait vu une goutte de sang rougir la chemise du gentleman.

— Vous êtes blessé !... s'écria Précourt qui s'était précipité à la suite de Sancé.

Beverley ébaucha un sourire?

— Une simple piqûre, à l'épaule !... répondit-il ;...; c'est insigniflant...

— Peut-être serait-il prudent que le docteur...

— Allons donc !... ne vous occupez point de cela, messieurs, et veuillez, je vous prie, nous laisser continuer.

Sans ajouter une parole de plus, il fouetta l'air de son épée, et se mit en garde.

Il n'était plus le même.

Une pâleur de marbre avait envahi ses traits, sa lèvre était contractée ; quand son épée rencontra celle de Gontran, il eut un mouvement violent et farouche.

A son tour, il prit l'offensive.

Cette fois, le combat emprunta un accent tout nouveau, et chacun comprit que l'on touchait à un dénoûment prochain et sanglant.

Ce qui s'était passé jusque-là n'était qu'un jeu d'enfant ; maintenant, c'était bien le duel pressenti, voulu, implacable, à la suite duquel il devait y avoir mort d'homme.

Les deux adversaires déployaient une ardeur égale.

On n'entendait plus que le souffle ardent de leur poitrine, et le frémissement des deux épées auxquelles ils semblaient avoir communiqué leur haine et leur soif de vengeance !

Deux minutes s'écoulèrent de la sorte — deux minutes qui parurent, à tous, longues comme un siècle.

En se prolongeant dans de telles conditions, cette

II   13

scène présentait un côté particulièrement sauvage qui rappelait les plus mauvais souvenirs de la barbarie... et vingt fois, Sancé et Sosthène, Précourt et Saint-Clair furent sur le point de se précipiter entre les combattants...

Mais cela ne se fait pas dans un pays civilisé et blesserait toutes les convenances...

Il fallait donc assister inactif à ce spectacle poignant.

Du reste, l'attente ne devait pas être longue.

Beverley multipliait ses dégagements et ses feintes, laissant à son adversaire à peine le temps de se reconnaître, et son épée tournoyait avec une rapidité vertigineuse, menaçant à chaque instant la poitrine de Gontran.

La piqûre qu'il avait reçue à l'épaule communiquait à son sang une chaleur de fièvre ; son œil s'injectait de colère. Lui aussi avait hâte d'en finir.

Enfin, un incident terrible se produisit.

Tout d'un coup, le combat cessa. Un frémissement d'horreur avait passé sur la chair de chaque spectateur. Beverley venait d'abaisser son arme, et le vicomte d'Épernon, le front livide, la lèvre décolorée s'était affaissé sur lui-même.

L'épée de son adversaire avait pénétré de quelques lignes au-dessous du cœur, et le malheureux avait roulé à terre.

Les deux médecins s'empressèrent autour de lui, déchirèrent la chemise ensanglantée et se penchèrent avides sur la blessure.

Le sang coulait à flots de la plaie béante. La blessure était des plus graves ; mais l'infortuné respirait encore.

— Docteur ! docteur ! firent Sosthène et Saint-Clair.

L'un des médecins mit un doigt sur ses lèvres.

— Silence ! dit-il à voix basse.

— Mais il n'est pas tué !

— Il n'est que blessé... seulement nous ne pouvons nous prononcer encore sur la gravité de son état, éloignez-vous donc, je vous prie... laissez-nous procéder au premier pansement, et faites avancer la voiture afin que nous puissions l'accompagner à son domicile... Si on peut le transporter chez lui... il y recevra des soins plus efficaces qu'à Vincennes ou à Saint-Mandé.

Pendant que ce colloque rapide avait lieu, Gontran rouvrait les yeux et promenait son regard autour de lui.

Il ne se rappelait rien... il se crut un moment le jouet de quelque rêve.

— Où suis-je ? demanda-t-il d'une voix faible.

— Près de vos amis les plus dévoués... répondit le docteur.

— Que s'est-il donc passé... qu'est-ce que j'éprouve... ah ! c'est vous, docteur... attendez que je me lève...

— Ne bougez pas.

— Pourquoi?...

— Vous êtes trop faible.

Gontran essaya de faire un mouvement, mais une atroce douleur le saisit. Il aperçut le sang qui avait

rougi son linge, et la vérité lui apparut dans toute
son horreur.

Un sanglot monta à sa gorge.

— Calmez-vous ! commença le docteur.

— Oh ! Réjane, pauvre Réjane, murmura Gontran
pendant qu'une larme coulait le long de ses joues.

Il n'en put dire davantage.

Il était à bout de forces. Une cruelle sensation
sillonna son cœur ; et tournant un dernier regard
vers le docteur, il laissa rouler sa tête entre ses bras.

— Profitons de ce moment de répit, fit le médecin
à son confrère ; la voiture est là, — le mieux est de
le transporter à Paris.

— Vous avez raison.

— Ne perdons pas de temps.

Chacun s'empressa de se rendre à l'invitation des
hommes de l'art. On coucha Gontran dans la voiture ; un des médecins prit place à ses côtés, et un
instant plus tard, le funèbre cortége se mit en
route.

Le même soir, vers huit heures environ, un
homme débouchant du passage Jouffroy, se dirigea vers l'un des deux kiosques qui s'élèvent
sur le trottoir, et ayant demandé le *Soir*, prit le
journal que la buraliste lui offrit en échange de ses
quinze centimes, et alla s'adosser, pour le lire,
sous les becs de gaz du café Mazarin.

C'était un homme de forte corpulence, trapu, le
visage rasé de frais, dont l'œil gauche était orné
d'une énorme loupe.

Il portait un chapeau à larges bords, un paletot orné d'un collet d'astrakan, un pantalon dont la façon rappelait ceux des zouaves, et sur le gilet qui couvrait sa large poitrine, s'enroulait une lourde chaîne d'or, dont l'extrémité disparaissait dans sa poche de côté.

Une fois adossé au mur, il déplia le journal, et son regard se porta avec une certaine vivacité sur la partie consacrée plus spécialement aux nouvelles du jour.

Voici ce qu'il lut :

« *Première représentation des Variétés.*

» La solennité qui a eu lieu hier au théâtre du boulevard Montmartre, restera célèbre dans les fastes dramatiques, moins peut-être par le succès que viennent de remporter MM. Meilhac et Halévy, assistés de Jacques Offenbach, que par les incidents bizarres, incompréhensibles, qui se sont accomplis pendant cette représentation.

» Nous raconterons succinctement les faits, nous réservant d'y revenir plus longuement demain ; mais nous n'avons pas voulu passer pour mal informés, en ne publiant pas dès à présent les renseignements que nos reporters ont recueillis dans le cours de la journée.

» Parmi les événements singuliers dont nous avons parlé et qui ont ému l'opinion publique, il faut placer, en première ligne, l'arrestation de M.

C. C., un banquier bien connu au boulevard, et qui avait fait, dans ces derniers mois, une fortune si rapide. On comprend la discrétion qui nous est imposée ; C. C. est en ce moment au Dépôt, d'où il va être transféré à Mazas. L'instruction est commencée, et nous ne voudrions pas entraver l'action de la justice, en initiant le public aux racontars qui nous sont parvenus depuis hier. Nous y reviendrons d'ailleurs, quand il n'y aura plus d'inconvénient à le faire, et nos lecteurs apprécieront notre réserve comme il convient.

» La seconde affaire est plus mystérieuse, mais non moins grave :

» Il s'agit d'une querelle survenue entre deux jeunes gens, appartenant au meilleur monde, MM. B... et d'E..., à la suite de laquelle une rencontre aurait été décidée.

» On nous assure que la rencontre a lieu à l'heure où nous mettons sous presse, et nous ne pouvons encore en faire connaître le résultat.

» Quant au troisième incident, c'est, s'il nous est permis de nous exprimer ainsi, la note gaie de cette série d'aventures.

» Tout le monde, à Paris, a connu le prince Lubiroff qui habitait un splendide hôtel aux Champs-Elysées, où il menait une existence qui témoignait de ressources exceptionnelles que peut seule donner une fortune de nabab.

» Le prince était reçu dans les meilleurs salons... et ses amours ont eu quelquefois un retentissement de prodigalité qui l'avait mis fort à la mode.

» Eh bien ! voyez quelle surprise nous réserve la vie parisienne !

» Il paraît que le prince n'était qu'un audacieux voleur qui avait été signalé depuis quelque temps à la police et que l'on devait arrêter hier aux Variétés avec accompagnement de musique.

» Toutes les mesures étaient prises; mais l'on n'avait oublié qu'une chose, qui était de s'assurer préalablement du consentement du prince.

» Ce singulier personnage a-t-il vu là un manque d'égards? a-t-il craint plutôt de devenir la cause d'un scandale qui eût troublé la représentation?... Ce qu'il y a de certain, c'est qu'après avoir à moitié étranglé dans sa loge l'agent de police chargé de l'arrêter, il a passé de la salle sur la scène, et que depuis on n'a pu encore le retrouver.

» Se cache-t-il dans quelque coin obscur des cintres, ou dans les ténèbres des seconds dessous... on l'ignore.

» Mais on fait bonne garde. Le théâtre est depuis hier cerné par les escouades de la police, et nul doute qu'il ne tombe bientôt entre les mains de ceux qui le cherchent. »

Quand il eut fini, l'homme haussa les épaules et fit entendre un gloussement plein d'ironie.

Puis, il replia le journal, le fit disparaître dans sa poche et disparut vers la Madeleine.

Cet homme, c'était le prince Lubiroff ou Lombard... et voici comme il se trouvait à cette heure... libre... et lisant le journal sur le boulevard.

XXIV

Nous avons laissé Lombard au moment où il venait de s'arrêter à la porte du magasin des *accessoires*, situé au fond de la scène des *Variétés*.

A ce moment, le magasin était désert... on jouait le troisième acte, et les préposés, désormais dégagés de toute responsabilité, étaient allés prendre l'air ou fumer une cigarette dans la cour du théâtre.

Une idée subite traversa alors le cerveau de Lombard.

Personne ne l'observait... chacun, plus ou moins directement intéressé, s'était porté sur la scène, attendant le dénoûment de la pièce... S'il parvenait à découvrir une cachette favorable, c'était un répit de vingt-quatre heures qui lui était accordé.

Et vingt-quatre heures, pour un homme de sa trempe, c'était le salut !

Il descendit quelques marches, et pénétra dans le magasin.

Nous l'avons dit, il y avait là un amoncellement confus de tous les objets hétérogènes qui servent à la figuration : tables, vases, bibelots de tout genre, défroques à paillettes, uniformes de haute fantaisie, empruntés aux nationalités les plus diverses, depuis le duché de Gerolstein jusqu'au royaume de Barbe-Bleue !...

Deux becs de gaz éclairaient ce fouillis inénarrable, et faisaient miroiter, dans le coin infect où ils étaient relégués, les sceptres de carton et les couronnes de maillechiort.

Nous reculons devant une description plus détaillée. Là d'ailleurs n'est pas l'intérêt, et Lombard le savait bien, car son regard plongeait à droite et à gauche, sondant les armoires, interrogeant les angles obscurs, cherchant avidement la cachette convoitée.

Ce ne fut pas long.

Au bout de quelques secondes, il avisa au fond de la pièce un monceau de costumes abandonnés depuis plusieurs mois, et avec la souplesse d'une couleuvre, il se glissa cauteleusement le long du mur, et finit par disparaître tout à fait.

Rien n'avait bougé, — le chef des accessoires se fût trouvé là, qu'il n'eût entendu aucun bruit.

Lombard remercia le hasard qui l'avait si bien servi.

Ce n'est pas cependant qu'il fût à son aise !

Loin de là !

13.

Les costumes amoncelés pesaient lourdement sur sa poitrine; les émanations qui s'en dégageaient menaçaient de l'étouffer... et il n'osait faire un mouvement dans la crainte d'être observé et découvert.

Mais ce n'était qu'un moment à passer... la représentation allait finir... le personnel du théâtre ne devait pas tarder à se retirer; avant une heure, il n'aurait plus à redouter que la rencontre des pompiers de service !

Il fallait donc patienter.

Du reste, l'attente lui réservait certaines distractions qu'il n'avait pas prévues.

Il y avait, en effet, une demi-heure qu'il avait pénétré dans le magasin, quand un tonnerre d'applaudissements, mêlé de rappels enthousiastes, ébranla le théâtre jusqu'aux cintres, et qu'il se produisit sur la scène un tohu-bohu indescriptible.

Le succès était consacré; le rideau se relevait pour permettre à tous les artistes de venir recevoir les témoignages éclatants de l'admiration du public.

Et alors, de toutes parts, la débâcle commença.

Chacun se précipita à l'envi vers l'escalier qui menait aux loges; ce fut un désordre sans précédent... quelque chose qui rappelait le tableau que présente un champ de bataille occupé par une armée victorieuse.

Lombard n'était plus seul... il entendait maintenant aller et venir autour de lui, à pas heurtés et fiévreux...

A deux ou trois reprises même, il sentit deux

pieds lourds grimper sur le monceau de costumes sous lequel il se tenait caché, et il faillit laisser échapper un cri douloureux.

Mais il eut la force de se contenir.

Son salut était à ce prix.

A un moment, il prêta l'oreille. — Il venait d'entendre prononcer son nom.

On parlait de lui.

Tout en rangeant les divers accessoires qui avaient servi au troisième acte, les garçons de magasin échangeaient quelques mots.

— C'est tout de même drôle, disait l'un, on a cherché partout, et on n'a rien trouvé.

— Bon ! répliquait l'autre; pendant la représentation, ça n'est pas étonnant. mais après, je suis bien sûr qu'il sera pincé.

— Est-ce que tu l'as vu, toi?

— Tiens, comme je te vois.

— Alors, tu le reconnaîtras, si tu le rencontres.

— C'te bêtise... puisque je te dis que je l'ai vu... c'était derrière le premier portant... même qu'il passait près de Brin-de-Tulle...

— Où peut-il s'être caché?

— Je n'en sais rien.

— Ma foi ! ni moi non plus !...

Lombard entendit alors un petit rire sec et vif.

— Qu'est-ce que t'as à rire?... interrogea l'un des deux garçons.

— Une idée qui me vient !... répondit l'autre.

— Laquelle?

— Ah ! voilà !... heureusement que le particulier

ne connaît pas comme nous... le théâtre... sans
ça...

— Sans ça... quoi !

— C'est une manière de dire que si j'étais à sa
place, je sais ce que je ferais.

— Qu'é que tu ferais ?

— Eh bien... je me cacherais.

— Où ça ?...

Le garçon interpellé ne répondit pas, mais la ré-
plique de son interlocuteur donna presque aussitôt
à Lombard l'explication du geste qu'il devait avoir
fait.

— Ici ? dit-il... Tu te cacherais ici !

— Je me gênerais !

— Au fait... tu as raison... Moi, ça ne me serait
pas venu... et peut-être qu'il serait bon de donner
cette indication à l'agent...

Lombard frissonna, et tout son être écouta...

Mais la conversation ne se prolongea pas davantage ; les deux hommes avaient fini leur travail, et
ne demandaient qu'à s'en aller...

Il les entendit encore pendant quelques secondes
ouvrir ou fermer les armoires... puis, ils escaladèrent les marches de l'escalier et, peu après, tout
retomba dans le silence le plus profond.

Lombard était fort perplexe.

Plus d'une heure s'écoula sans qu'il osât faire le
moindre mouvement.

Enfin, il souleva péniblement le lourd fardeau de
défroques qui pesait sur sa poitrine, étendit le bras
et regarda autour de lui.

Tout était calme et tranquille.

Un rayon de lune filtrait à travers la lucarne qui donne sur la cour, et jetait une faible lueur dans le magasin.

Lombard se dirigea d'un pas cauteleux jusqu'à l'escalier.

Une fois là, il se déchaussa.

Puis, ayant poussé la porte avec précaution, et s'étant assuré qu'il n'y avait personne dans le couloir, il se glissa le long du mur et s'avança vers la sortie.

Il ne restait plus au théâtre que les pompiers de service, qui d'heure en heure effectuent leur ronde, depuis les dessous jusqu'aux cintres.

Dans l'intervalle de ces rondes réglementaires, ils rentrent à leur poste, et l'on est assuré de ne rencontrer âme qui vive.

Lombard, qui ne l'ignorait pas... se disait qu'en une heure on peut faire bien des choses.

Quand il atteignit la porte de sortie, il remarqua qu'elle était fermée.

Ce fut un premier désappointement.

Mais il n'était pas homme à se laisser abattre par un premier obstacle, et il essaya aussitôt de s'orienter.

Non loin de lui, à sa droite, s'ouvrait ce que l'on appelle une *cheminée*, sorte de tranchée noire qui règne le long du mur, et où pendaient les innombrables fils ou cordes qui, descendant des cintres, vont se relier aux *tambours* du second ou du troisième dessous.

Le prince avait de véritables qualités de gymnaste : à l'aide de ces cordes, il devait facilement se frayer une route jusqu'aux cintres.

L'issue par le passage des Panoramas lui étant interdite, c'est par les cintres seulement qu'il pouvait opérer sa fuite.

Son parti fut tout de suite pris.

Mais, au moment où sa main ayant saisi le premier *fil* qui se trouvait à sa portée, il se disposait à commencer son ascension, un bruit se fit entendre au dessus de sa tête, et, peu après, des pas lourds descendirent l'escalier.

C'était un pompier qui venait de faire sa ronde et rentrait au poste.

Quelques secondes encore et il allait passer près de Lombard.

Ce dernier n'hésita pas. Au lieu de grimper dans les combles, il se laissa glisser brusquement le long du mur et alla tomber dans le second dessous.

Ce tour de force et d'agilité s'accomplit avec la rapidité d'un éclair.

Le pompier n'entendit rien... et quand Lombard toucha terre, la porte du poste se refermait avec bruit, annonçant que tout danger était conjuré.

Il respira.

Désormais, il avait une heure devant lui, et pensa qu'il serait bien maladroit s'il ne la mettait pas à profit pour sortir de l'impasse où il était acculé.

Nous ne nous attarderons pas à décrire le lieu où il se trouvait en ce moment. Un bec de gaz que l'on avait baissé en éclairait vaguement la profondeur, et, vu ainsi, il présentait assez exactement l'aspect d'un vaste bâtiment bâti sur pilotis.

Lombard y jeta à peine un regard, il n'avait pas de temps à perdre, et saisissant de nouveau la corde à l'aide de laquelle il était descendu, il reprit courageusement son ascension.

Ce ne fut pas sans danger.

Il était parfaitement agile et résolu, le sentiment de la conservation dominait tout son être, et l'idée ne lui vint même pas que quelque obstacle imprévu pouvait l'arrêter en chemin, ou que, la corde se rompant tout à coup entre ses mains, il courait le risque d'être rejeté dans le vide et d'aller se briser le crâne contre les angles des portants ou les aspérités des *tambours*.

Cependant, il n'accomplit pas l'ascension d'une seule traite.

Ses doigts se crispaient sur le fil; les ongles de ses pieds nus s'incrustaient pour ainsi dire dans le mur pour y trouver un point d'appui, et sa poitrine haletait avec force, pendant que de grosses gouttes de sueur perlaient à son front.

Et lorsqu'il s'arrêtait pour souffler, et que son regard plongeait au-dessous de lui, ne rencontrant que le vide fait de ténèbres et de silence, un frémissement parcourait ses membres, et il désespérait presque d'arriver jusqu'aux cintres.

Mais il réagissait aussitôt contre cette défaillance, secouait violemment la tête et proférant à voix basse une effroyable imprécation, il se remettait à l'œuvre avec une sorte de fureur sinistre.

Quand il sauta enfin sur la passerelle la plus éle-
vée, il avait les mains et les pieds en sang, et il dut
s'asseoir un moment, tant son émotion et sa fatigue
étaient grandes.

Ce ne fut pas long.

Il ne se faisait aucune illusion sur le danger de sa
situation, et voulait à tout prix en sortir au plus
tôt.

Il s'orienta, s'aventura un peu à tâtons à travers
le dédale des corridors, risquant vingt fois d'être
précipité sur la scène, s'engageant à chaque pas
dans le lacis des cordages qui servent à la manœu-
vre des trucs, et parvint finalement au pied d'un
escalier de fer dont les cinq marches aboutissaient
à une fenêtre qui devait ouvrir sur les toits.

Son œil s'illumina.

Il alla vivement à la fenêtre qu'il poussa et un
sentiment de volupté indicible le saisit, quand il
sentit l'air extérieur le frapper tout à coup au
visage.

C'était l'air libre qu'il respirait... l'espace s'ouvrait devant lui... la chance paraissait lui sourire...
ses poumons se dilatèrent de satisfaction.

Il mit un pied dehors.

Sur le toit, à partir de la fenêtre, commençait une
rampe que l'on avait placée là, pour le service des
pompiers en cas d'incendie. Cette rampe régnait le
long du toit, jusqu'aux gouttières et facilitait la
circulation.

Lombard avança doucement.

Mais il n'avait pas fait vingt pas qu'il s'arrêta;

une idée subite lui était venue... il revint brusquement vers la fenêtre, et rentra dans le théâtre.

Un instant après, il en ressortait avec un objet qu'il traînait derrière lui.

.XXV

Cet objet, c'était une corde...

Lombard pensait à tout !...

Son esprit parut se dégager dès lors de toutes les appréhensions qui l'avaient obscurci jusqu'à ce moment, et c'est d'un pas ferme qu'il enjamba la fenêtre et s'aventura sur le toit.

Il était trois heures.

La lune descendait à l'horizon et ne jetait plus que des rayons obliques sur le chemin qu'il suivait ; s'aidant de la rampe de fer, il s'arrêta une seconde pour s'orienter.

De toutes parts pointaient des tuyaux de chemi-nées, et les arêtes vives des toitures environnantes. A droite et à gauche s'ouvraient des gouffres béants et profonds, où le regard plongeait dans l'ombre épaisse ; un bruit confus montait jusqu'à lui, sillonné de temps à autre par le roulement lointain d'une voiture ou le pas d'un noctambule.

Lombard ne redoutait pas les noctambules, et s'inquiétait peu des voitures ; mais il avait peur des sergents de ville.

L'édilité parisienne a préposé à la sécurité de la capitale un nombre considérable d'agents nocturnes et ces sévères gardiens de la tranquillité publique sont justement redoutés des irréguliers et des réfractaires.

Après avoir promené son regard autour de lui, Lombard continua sa route.

Il ne pouvait descendre que rue Vivienne, rue Montmartre ou rue Saint-Marc.

Il savait que la rue Vivienne et la rue Montmartre sont trop fréquentées, même durant la nuit, pour que l'idée lui vînt d'opérer une descente de ces côtés.

Seule, la rue Saint-Marc offrait quelque chance de succès à l'entreprise qu'il allait tenter.

En quelques minutes, il gagna les maisons du passage des Panoramas qui forment le côté pair des numéros de cette rue, et s'avançant jusqu'à l'extrémité de la toiture de l'une d'elles, il prêta l'oreille et regarda.

Un profond silence régnait au-dessous de lui. Les becs de gaz n'y jetaient plus qu'une lueur douteuse... le moment était favorable.

Il commença.

Et d'abord, il attacha solidement l'extrémité de la corde dont il était muni, y fit quelques nœuds solides, et lorsqu'il l'eut lancée dans le vide, il s'y accrocha de ses deux mains énergiques, et s'aidant de ses pieds nus... il se laissa glisser doucement le long du mur.

Le danger était terrible !... il n'y songea pas...

S'il réussissait, c'était le salut... s'il parvenait à toucher terre sans encombre, c'était la liberté !...

Et tout son être s'absorbait dans cette pensée unique.

Du reste cela fut court...

Au bout de deux minutes à peine... son pied s'appuyait avec un frémissement plein d'ivresse, sur le trottoir, il pouvait, dès lors, gagner la rue Montmartre et se mêler à la circulation qui commençait à s'établir dans cette grande voie qui aboutit aux Halles.

Le plus fort était fait. — Momentanément il se sentait sauvé... le reste dépendait de son habileté et de son audace, et sous ce rapport il n'avait pas à faire ses preuves.

Où coucha-t-il?... Comment parvint-il à se transformer jusqu'à se rendre méconnaissable, même pour l'œil exercé d'un agent de police... Ce sont là des mystères qu'il n'a confiés à personne.

Ce qu'il y a de certain, c'est que le succès était complet, et Lombard n'en demandait pas davantage.

Cependant, il est un point qu'il n'est pas indifférent de retenir.

Ce même soir, vers sept heures, il s'était rendu à la gare Saint-Lazare.

Il éprouvait le besoin bien légitime de s'éloigner de la capitale, et voulait prendre le train du Havre.

Seulement, au moment où il se disposait à gravir les marches qui conduisent aux salles d'attente, il fit le geste désappointé d'un homme qui a commis un oubli des plus graves.

Et il redescendit vivement les quelques marches qu'il avait enjambées.

Il venait de remarquer, au haut de l'escalier, un homme à figure suspecte qui dévisageait chaque passant d'une façon sinon impertinente, du moins fort indiscrète.

Cela lui déplut, et il rebroussa chemin.

C'était, à n'en pas douter, quelque agent chargé de l'attendre et de le *pincer*. Nous parlons comme il pensait.

Lombard n'insista pas.

Il avait le temps!

Il ne lui répugnait pas de demeurer quelques jours encore dans la capitale du monde civilisé; car il savait, par expérience, que c'est encore là que les voleurs peuvent le plus sûrement se dérober à toute recherche.

Il était revenu sur le boulevard, et s'était amusé à lire un journal du soir.

Puis, tout en flânant, il s'en allait pensif et calme vers la Madeleine, pour revenir plus tard de la Madeleine à la Bastille.

Arrivé à la hauteur de la Chaussée-d'Antin, il s'arrêta.

Il y avait là un rassemblement, il désira en connaître la cause.

On parlait avec animation ; il écouta.

Dès les premiers mots, il se sentit vivement intéressé.

La voiture qui ramenait le vicomte d'Épernon venait de passer, et en moins de quelques secondes le bruit s'était répandu de la mort du jeune gentilhomme.

Devant la maison habitée par le vicomte, des groupes nombreux s'étaient formés.

Il n'y avait plus rien dans la voiture qui l'avait ramené, mais on continuait de l'entourer.

Les commentaires allaient leur train, et nul, parmi les spectateurs, ne doutait que Gontran d'Épernon n'eût été tué.

Cependant, il n'en était rien.

Le jeune gentilhomme avait reçu une blessure des plus graves ; les médecins qui l'accompagnaient ne répondaient pas de sa vie — mais il n'était pas mort.

Le pauvre Martial était auprès de lui, et présidait à tout avec un soin, une tendresse, une sollicitude qu'un père seul eût pu témoigner à son enfant.

Il avait fait prévenir immédiatement madame la duchesse de Frileuse, et attendait son arrivée pour quitter le blessé et se rendre auprès de mademoiselle de Graçay-Chambrun.

Quand au milieu des douloureuses préoccupations que lui communiquait l'état de son maître, la pensée de Réjane traversait son esprit, un déchirement se faisait dans son cœur, et il avait bien de la peine à étouffer ses sanglots...

Que lui dirait-il? Comment allait-il l'aborder? Par quelles paroles adoucir l'effet de l'épouvantable nouvelle qu'il avait à lui apprendre.

Une heure s'écoula de la sorte.

Les deux médecins étaient restés auprès de Gontran qui ne reprenait pas connaissance, et ils avaient déclaré qu'ils passeraient la nuit, l'un et l'autre, dans la prévision d'une crise mortelle.

De plus, une sœur grise avait été appelée et devait également veiller à son chevet.

Enfin, vers neuf heures, la duchesse arriva, et pâle, tremblante, le sein gonflé, elle alla s'agenouiller auprès de lui et baisa longuement la main froide de son frère.

Puis, ayant aperçu Martial, elle alla vivement à lui.

— Ah! j'espérais vous voir ici, dit-elle, Martial!... on n'a encore rien dit à mademoiselle de Graçay-Chambrun.

— J'attendais l'arrivée de madame la duchesse, répondit le garde, et maintenant,... je vais aller...

— Pauve enfant!...

— Ah! J'en ai le cœur navré... je ne pourrai pas me contenir... je suis capable de pleurer devant elle...

— Il faut être prudent.

— Bon! Je ne sais pas... d'ailleurs, elle lira tout sur ma bête de figure qui ne sait rien dissimuler... Si vous saviez comme elle aime M. le vicomte!...

— Et lui !... quelle horrible situation !

— Madame la duchesse m'autorise-t-elle à me retirer ?...

—Oui... mon ami... portez-lui tout.s mes amitiés... toutes mes tendresses... et revenez bientôt... parce que j'ai plus confiance en vous qu'en tout autre.

Martial s'éloigna à la hâte, monta dans une voiture qui stationnait dans la rue, et se fit conduire rue de Varenne.

Il était bien résolu à mentir, à n'avouer qu'une légère blessure, — réclamant tout au plus quelques jours de repos... mais il se défiait de sa propre défaillance, et redoutait de commettre, malgré lui, quelque maladresse.

Quand il arriva chez le général, il trouva Réjane qui l'attendait.

En le voyant les traits altérés, le regard hésitant et troublé, la pauvre enfant jeta un cri de détresse, et se laissa tomber à genoux, les mains jointes !

— Il est mort !... mon Gontran n'est plus... s'écria-t-elle en éclatant en sanglots.

Martial secoua la tête avec force.

— Non !... non !... balbutia-t-il; qui a dit cela ?... c'est faux... le vicomte est blessé seulement, et, avant quelques jours, il viendra lui-même...

Réjane releva le front.

— Blessé ! répéta-t-elle.... blessé !... c'est vrai... vous ne me trompez pas ?...

— Sur mon honneur...

— Ah !... je crois... — Mon Dieu !... — Tenez, je

ne vis plus... c'est affreux !... blessé !... et vous m'assurez...

— Dans quelques jours il sera rétabli.

— Mon Dieu !... que j'ai eu peur.

Le général prit l'enfant dans ses bras.

— Il faut être sage, chère petite, dit-il d'un ton affectueux et doux... une blessure, ce n'est rien... moi qui te parle — j'en ai vu bien d'autres — et à l'âge de Gontran.

— Ah ! c'est que, s'il mourait ! moi, voyez-vous, je mourrais aussi.

— Tais-toi... ne parle pas de la sorte. D'ailleurs, te voilà rassurée maintenant. Demain il sera déjà mieux, d'heure en heure nous enverrons prendre de ses nouvelles, et Martial ne le quittera que pour venir nous parler de lui.

— Vous êtes bon.

— Ne pleure pas. Rentre dans ta chambre. Prends un peu de repos, et espère en la bonté de Dieu !

Réjane se laissa calmer.

Elle ne demandait qu'à avoir confiance, et ne pouvait croire non plus que la vie lui réservât de si cruelles épreuves.

Elle se retira, et goûta même quelques heures de sommeil.

Le lendemain, à son réveil, Martial lui apporta de bonnes nouvelles.

Gontran avait dormi ; à plusieurs reprises il avait appelé Réjane. Madame la duchesse de Frilouse ne devait plus le quitter, elle s'était installée dans l'ap-

II   14

partement du vicomte, et c'est elle qui veillait aux soins à lui rendre.

Réjane pleurait en écoutant ce récit, qu'elle interrompait à chaque instant pour faire mille questions.

Quand on lui dit que madame de Frileuse était auprès de son frère, elle croisa ses bras sur sa poitrine et se prit à soupirer.

— Elle est bien heureuse de n'être que sa sœur, murmura-t-elle ; elle peut le voir à toute heure, lui prodiguer ces soins qu'une femme seule peut rendre à un blessé !

Et elle demeura pensive.

Huit jours se passèrent.

Le vicomte était loin d'être hors de danger, et les médecins craignaient toujours quelque complication imprévue.

Réjane commençait à s'inquiéter.

Elle trouvait que Gontran était bien long à se rétablir... Il y avait des moments où elle soupçonnait qu'on lui cachait la vérité.

Ses nuits s'emplissaient de mortelles inquiétudes... elle n'osait rien dire... attendait toujours... et ne savait plus à quel cœur ami confier ses terribles appréhensions.

Un matin, comme elle venait de descendre dans le jardin, elle entendit le bruit d'une voiture qui s'arrêtait à la porte de la rue.

Elle tressaillit.

Ce bruit n'était pas celui qu'elle entendait d'ordi-

naire, quand Martial venait lui apporter des nouvelles de son cher blessé...

Qui était-ce donc?

Gontran peut-être !

Son cœur fut près d'éclater... et elle courut à la
porte qui venait de s'ouvrir.

Mais elle n'eut pas fait dix pas, qu'elle se sentit
prise d'une épouvante indicible...

Ce n'était pas Gontran !...

C'était madame la duchesse de Frileuse... pâle,
les yeux brûlés par les larmes, portant sur ses joues
l'empreinte d'une profonde douleur.

Évidemment un malheur était arrivé... elle faillit
rouler inanimée sur le sol.

XXVI

— Chère enfant ! dit alors une voix douce, à son oreille, après que deux lèvres de femme se furent appuyées sur son front ; chère petite sœur, ne vous abandonnez pas ainsi ; remettez-vous !

— Gontran ! Gontran ! interrogea anxieusement Réjane.

— C'est lui qui m'envoie.

— Comment ?

— Il n'est point encore remis tout à fait, mais il est mieux.

— Mon Dieu !

— Seulement...

— Quoi ? quoi ?

— Tout n'est pas fini.

— Que dites-vous ?

Réjane mordit ses lèvres jusqu'au sang, et une pâleur de suaire se répandit sur ses traits.

— Écoutez-moi, continua la duchesse de Frileuse ; je ne veux rien vous cacher... J'ai été courageuse, vous le serez aussi ; ses jours ont été en danger.

— Et l'on ne m'avait rien dit, sanglota l'enfant.

— On a bien fait, comprenez-le... à quoi bon ajouter de mortelles inquiétudes à votre douleur... Aujourd'hui, il est mieux... je vous le jure, le médecin lui-même me l'a assuré ; d'ailleurs, je l'ai bien compris tout de suite, rien qu'en le voyant, et puis, c'est lui qui m'a dit de venir vers vous.

— Cher Gontran !

— Il veut vous voir... vous parler... vous dire qu'il vous aime.

La lueur d'un rayon divin illumina le regard de Réjane, et elle se jeta dans les bras de la duchesse.

— Si vous saviez combien j'ai désiré ce moment ! murmura-t-elle rougissante et confuse... moi, je ne pense qu'à lui... je n'aime que lui... Ah ! je suis prête... quand vous voudrez, nous partirons.

— Eh bien, c'est cela, ne perdons pas de temps.

Réjane allait s'éloigner... mais au moment de suivre la duchesse... elle s'arrêta pour appeler Martial.

Ce dernier accourut.

— Vous comprenez, dit alors l'enfant à madame de Frileuse ; je ne puis quitter ainsi mon père... il faut qu'il m'autorise.

— Vous avez raison.

Réjane se tourna vers Martial dont l'attitude lui parut embarrassée.

— Le général est là ? demanda-t-elle vivement.

14.

Le vieux garde s'inclina.

— Que mademoiselle m'excuse, répondit-il...
mais le général m'avait ordonné...

— Il est absent ! interrompit Réjane.

— Depuis hier..

— Sans me prévenir !

— Il ne voulait pas vous inquiéter.

— Parti ! parti ! quel est donc ce nouveau
mystère ?

— Son absence ne sera que de courte durée; demain matin, vous le verrez revenir...

— Et l'on ne peut pas me dire...

— Pardonnez-moi, mademoiselle, c'est une con-
signe, et pour un vieux soldat comme moi, il n'y a
rien de plus sacré.

Réjane n'insista pas... en ce moment son cœur,
son âme, son être tout entier étaient à Gontran; elle
ne pouvait penser qu'à lui...

Elle prit la main de la duchesse.

— Vous m'offrez de m'emmener, dit-elle d'un
ton résolu... mon père, s'il était ici, approuverait
cette démarche, j'en suis sûre... venez, madame,
venez ! hâtons-nous.

Et les deux femmes s'éloignèrent.

Dans ce que venait de dire Martial, et dans les
paroles qu'avait prononcées la duchesse, il y avait
bien des réticences qu'il convient de relever.

Martial et madame de Frileuse avaient caché à
Réjane une partie de la vérité.

Le général était bien parti la veille, mais il avait
défendu à son ancien serviteur de confier à ma le-

moiselle de Graçay la cause réelle de son départ.

Il se rendait à Graçay-Chambrun, accompagnant le corps d'Henry qu'il devait inhumer derrière la maison isolée où il avait passé l'été.

Réjane ignorait que son frère fût mort : et dans l'état d'esprit où elle se trouvait, le général ne voulait pas que la nouvelle de ce malheur vînt ajouter sa tristesse au chagrin qu'elle éprouvait.

C'est au retour seulement, et Gontran une fois rétabli, qu'il entendait lui faire cette douloureuse confidence.

Quant à la duchesse, le secret qu'elle avait gardé était plus pénible encore.

Il est vrai que Gontran se sentait mieux depuis la veille ; mais il devait, le jour même, subir une opération des plus dangereuses, et, avant de s'abandonner aux médecins, il avait manifesté le désir de voir Réjane.

L'épée de Beverley s'était brisée dans la blessure qu'elle avait faite. Il s'agissait d'extraire de la plaie la pointe d'acier qui y était restée engagée, et le blessé pouvait mourir de cette opération !

Gontran n'avait pas peur de la mort, mais au moment de courir cette chance redoutable, il voulait revoir sa Réjane bien aimée.

L'enfant ne se doutait de rien.

Son cœur battait avec violence, en approchant de la rue de la Chaussée d'Antin, et quand elle pénétra dans la chambre, à la suite de la duchesse de Frileuse, il lui fallut faire un effort surhumain pour ne pas défaillir.

La vue de Gontran lui rendit toute sa force et toute son énergie.

A vrai dire, elle le trouva bien changé et bien maigri ; sa lèvre était décolorée, ses mains presque diaphanes sous leur blancheur d'albâtre... mais son regard empruntait une expression si douce et si tendre qu'elle oublia tout pour ne songer qu'au bonheur de le voir sauvé.

— Réjane !... chère Réjane !... dit Gontran, en baisant ses petites mains avec effusion. Mon Dieu !... que j'ai eu peur de ne plus vous revoir !

— Et moi ! moi ! Si vous saviez... balbutia l'enfant.

Et tandis qu'elle souriait, deux belles larmes coulaient silencieusement le long de ses joues.

La duchesse s'était retirée discrètement à distance, et pendant quelques minutes, elle n'entendit que le murmure à peine perceptible de deux voix faibles comme un souffle.

Que se disaient-ils ?...

Le savaient-ils eux-mêmes.

Ils échangeaient des paroles entrecoupées, sans suite, dans lesquelles palpitaient leurs deux cœurs troublés... ils mêlaient leur âme dans des confidences enivrées, oublieux de ce monde, transportés dans cette terre de l'avenir promise à leur amour !

Malheureusement ces moments si doux durèrent peu ; l'un des docteurs s'était approché et avait fait un signe à la duchesse de Frileuse...

— Qu'y a-t-il ? demanda la jeune femme.

— L'heure est venue... répondit le docteur... mes

collègues sont arrivés, il faut éloigner cette enfant.

— Mais moi, je puis rester...

— Il est préférable que nous soyons seuls...

— Au moins, il nous sera permis de nous tenir dans la chambre à côté... de façon qu'au moindre appel.

Le médecin approuva du geste, et la duchesse entraîna Réjane qui venait de serrer une dernière fois la main de Gontran.

Le moment solennel et terrible était arrivé.

On allait procéder à l'opération.

Les deux femmes se retirèrent... la duchesse visiblement inquiète, Réjane ne se doutant pas encore du danger que Gontran allait courir.

Avant de s'éloigner cependant, la duchesse prit à part le docteur auquel elle avait déjà parlé.

— Vous comprenez, n'est-ce pas, monsieur, dit-elle, l'émotion que j'éprouve... encore une fois, je vous en prie, dites-moi que vous répondez de sa vie!

Le docteur remua la tête :

— Vous demandez une chose impossible, dit-il d'un ton grave ; l'opération est urgente ; si nous la remettions davantage, le blessé serait certainement perdu, et nous ne pouvions hésiter!... mais l'entreprise a des dangers que je ne devais pas vous dissimuler, et bien que, pour ma part, j'aie le ferme espoir que l'issue en sera favorable, cependant...

— Combien de temps durera l'opération? interrogea la duchesse dont la lèvre frémissait.

— Dix minutes, au plus!

La duchesse s'empressa d'aller rejoindre Réjane, et comme celle-ci l'interrogeait sur sa pâleur et sur son trouble, elle l'attira contre sa poitrine et l'embrassa dans une sombre étreinte.

— Prions Dieu, mon enfant, répondit-elle. Dans quelques minutes nous saurons s'il voit nos larmes et s'il accueille nos prières.

Réjane se laissa tomber à genoux, joignit les mains et pria.

Et les deux femmes élevèrent leur cœur vers Dieu.

Dix minutes s'écoulèrent, lentes comme des siècles, au milieu d'un silence qui avait quelque chose de funèbre.

Tout à coup un cri retentit dans la chambre voisine, et la duchesse et Réjane se dressèrent terrifiées.

— Mon Dieu! que se passe-t-il donc? supplia Réjane.

— Venez! venez! fit la duchesse.

Et elle courut vers la porte.

Sur le seuil, elles trouvèrent le docteur qui souriait, un doigt sur les lèvres.

— Sauvé! il est sauvé! s'écria la duchesse.

— Maintenant je puis vous assurer que tout danger a disparu.

A cette réponse, Réjane eut la rapide intuition de ce qui venait de se passer, son cœur se déchira, et un flot de larmes et de sanglots lui monta à la gorge.

C'en était trop.

Ses forces l'abandonnèrent, sa poitrine cessa de battre, elle ouvrit ses lèvres blêmes comme si l'air lui eût manqué, et étendant ses deux bras devant elle, elle s'affaissa sur le parquet.

Elle était évanouie !

Mais le bonheur ne tue pas... Dieu eut pitié de la pauvre enfant, et quand elle reprit tout à fait ses sens une heure après, on lui apprit qu'elle n'avait plus rien à craindre pour Gontran, et que ce n'était désormais qu'une affaire de temps.

Quinze jours environ s'écoulèrent à la suite de ces cruelles épreuves, quinze jours pendant lesquels Réjane passa une partie de ses journées au chevet du convalescent.

Les médecins avaient ordonné que Gontran se rendît dans le Midi pour achever sa guérison sous un ciel plus clément, et il avait été convenu que, dès qu'il pourrait entreprendre le voyage, il partirait accompagné de la duchesse et de ses enfants, et que l'on emmènerait mademoiselle de Graçay et le général.

La perspective de ce prochain départ était une source d'ineffables ivresses pour Réjane... elle avait peine à contenir l'expansion de sa joie... il lui semblait qu'une vie nouvelle allait commencer pour elle.

Une ombre glissait bien cependant de temps à autre sur ce bonheur, quand le souvenir de son frère Henry revenait à sa pensée... elle en avait parlé, plusieurs fois, au général, mais ce dernier avait toujours évité de répondre... elle finit par ne pas insister, et se résigna à ne plus aborder un pareil sujet.

D'ailleurs, le moment vint plus vite qu'elle ne l'aurait cru, et un soir, vers sept heures et demie, deux voitures de maître déposèrent sous la *marquise* de la gare de Lyon madame la duchesse de Frileuse et Gontran, puis le général et Réjane.

La duchesse avait fait retenir un wagon-salon et quelques minutes après leur arrivée nos voyageurs pénétraient dans le compartiment qui leur était réservé.

Réjane ne se possédait pas de joie... Gontran s'appuyait doucement sur son bras en traversant le quai et jamais de sa vie, elle ne s'était sentie si heureuse.

La duchesse monta la première, puis Gontran la suivit — et Réjane allait à son tour poser son petit pied dans le wagon, quand, s'étant retournée pour envoyer un geste amical à son vieux Martial, elle poussa une exclamation de terreur, et faillit tomber à la renverse.

— Qu'avez-vous? fit la duchesse étonnée...

— Là! là!... voyez... répondit l'enfant d'une voix épouvantée...

A quelques pas, sur le quai, il y avait un homme qui se promenait en fumant un cigare, et dans cet homme elle venait de reconnaître Beverley !

XXVII

— Qu'avez-vous, répéta la duchesse.

Réjane ne répondit pas tout de suite... elle était allée s'asseoir dans un des angles du salon, et comprimait de ses deux mains sa poitrine qui battait violemment.

— Ce n'est rien... dit elle enfin... je vous expliquerai cela, tout à l'heure; surtout, ne faites rien paraître... il ne faut pas que Gontran se doute !...

La duchesse n'insista pas...

Du reste, les voyageurs arrivaient en foule, et se distribuaient dans les divers compartiments.

Quelques minutes s'écoulèrent encore.

Puis, un coup de sifflet retentit et le train se mit en marche.

Réjane respira.

— Et maintenant, expliquez-vous, interrogea madame de Frileuse, qui était fort intriguée de l'incident.

L'enfant remua la tête.

— Je suis folle, répondit-elle, seulement, ç'a été plus fort que moi, et quand j'ai vu cet homme...

— Quel homme?

— M. Beverley.

— Il est ici ?

— Oh ! je l'ai bien reconnu ! Tout mon sang s'est glacé dans mes veines, et je me suis demandé par quelle bizarre coïncidence.

— En effet.

— Comment se trouve-t-il ici.

— Vous a-t-il vue lui-même?

— Oh ! certainement.

— C'est singulier... Cependant ce n'est probablement qu'un hasard ! il ne savait pas nous rencontrer... et puis... quelle pourrait être son intention... qu'espère-t-il...

— Sans doute... c'est invraisemblable, mais tout de même...

Le train marchait avec rapidité.

La brise s'était levée, l'air était tiède et doux, la nuit promettait d'être splendide.

Les deux femmes causèrent encore quelque temps, puis la duchesse se rapprocha de Gontran, et Réjane resta accoudée à la portière, pensive, douloureusement impressionnée, plongeant son regard sur les perspectives qui se modifiaient avec une mobilité à donner le vertige.

Elle ne s'était pas trompée d'ailleurs, et c'était bien Beverley qu'elle avait vu...

Mais, ainsi que le pensait la duchesse, sa présence dans le train était un simple effet du hasard.

Il ignorait que Gontran dût partir ce soir-là, et avait été fort surpris lui-même en reconnaissant Réjane.

Cette découverte avait-elle éveillé en lui quelques projets nouveaux... nous ne saurions le dire.

Ce que nous pouvons ajouter, seulement, c'est qu'après avoir aperçu mademoiselle de Graçay, il s'était promené quelque temps encore sur le quai, avec une certaine agitation, et quand il était monté dans son compartiment, il avait l'air plus soucieux et plus préoccupé qu'auparavant.

En prenant place, dans le coin qu'il avait marqué, il s'aperçut qu'un voyageur occupait l'angle opposé du compartiment.

Beverley tenait à la main son cigare allumé ; il se tourna vers le compagnon de voyage que le hasard lui envoyait.

— Vous permettez? demanda-t-il en saluant avec courtoisie.

L'inconnu fit un geste de consentement.

— Parfaitement, monsieur, répondit-il... je suis moi-même fumeur... et comme je dors rarement en voyage, j'aurai à vous demander la même indulgence pour cette nuit.

Beverley s'inclina.

— Seulement, ajouta son compagnon, je vous

avoue que la lumière me gêne horriblement, et si vous le permettez...

Sans attendre de réponse, il se leva et alla tirer la soie verte destinée à voiler la lampe de nuit.

Puis il rajusta avec soin l'énorme cache-nez qui lui montait jusqu'aux yeux, et se rejeta dans son coin.

Beverley n'y prit pas garde autrement. Il baissa la glace de la portière, alluma un nouveau cigare et se replongea dans ses rêveries.

A partir de ce moment, aucun incident digne d'être raconté ne se produisit au cours du voyage jusqu'aux approches de Lyon. — Le train continuait sa marche, faisant ses quarante kilomètres à l'heure, et projetant un rayon lumineux à travers la campagne plongée dans l'ombre et le silence.

Réjane avait en vain appelé le sommeil; il lui était impossible de dormir.

Accoudée à la portière, elle suivait sa pensée inquiète qui évoquait mille fantômes, se tournant de temps en temps vers l'intérieur du salon, et écoutant la respiration régulière de Gontran qui reposait allongé à quelques pas d'elle.

Le spectacle de ce calme, de ce repos, dont il avait tant besoin, rafraîchissait doucement son cœur; par instant, son âme s'élevait vers Dieu dans un élan de reconnaissance attendrie.

Une fois que l'on eut franchi la station de Dijon, ses appréhensions parurent diminuer.

Rien n'était venu donner raison à la terreur qui

l'avait saisie à la vue de Beverley, et l'espoir rentrait dans son esprit.

Peu à peu, la fatigue s'empara même de ses membres; plusieurs fois ses paupières alourdies se baissèrent sur ses yeux brûlés par l'insomnie.

Cependant, elle luttait encore...

Elle voulait continuer de veiller... tout se taisait autour d'elle; on n'entendait aucun bruit... le train entier semblait avoir été vaincu par le sommeil.

Réjane se trouvait dans un état d'affaissement singulier où le réel se mêlait au fantastique...

Le souffle puissant de la machine, les lourdes spirales de fumée blanche et rouge qui se tordaient dans l'air comme autant de serpents atteints d'épilepsie, les silhouettes des arbres qui passaient décharnées et grimaçantes le long de la voie... tout cela la jetait dans un monde qu'elle n'avait pas entrevu encore et où elle avait peine à se reconnaître...

Une somnolence impérieuse s'emparait de ses sens, à laquelle elle s'arrachait brusquement et comme avec révolte.

Elle ne savait plus réellement où elle en était, et se crut un moment le jouet de quelque rêve fou.

Alors, un fait étrange se produisit... dont elle n'eut l'explication que plus tard.

A son tour, elle venait d'être vaincue.

Ses yeux s'étaient fermés... ses bras avaient retombé le long de son corps; sa tête avait roulé sur son épaule.

Elle s'était endormie...

Combien cela dura-t-il ?

Elle ne le sut jamais...

Toujours est-il qu'elle se réveilla en sursaut, dressa le front et prêta l'oreille.

Elle avait entendu... un bruit sinistre.

Quelques éclats de voix... un cri de rage ou de détresse...

Elle ne put préciser... mais certainement quelque chose d'insolite s'était passé.

La nuit était noire... la lune s'était voilée; de ses deux yeux grands ouverts elle regarda.

Ce ne fut pas long !

Presque au même instant, dans le cadre de la portière où elle s'accoudait, une tête hideuse apparut !

Le temps de la voir... et ce fut tout !...

Mais Réjane avait senti son souffle brûlant glisser sur son front... Ses mains accrochées à la portière y avaient laissé une empreinte de sang... et elle voyait encore... toujours... l'horrible rictus qui crispait sa lèvre torve.

Elle cacha sa tête effarée dans ses mains.

Était-ce une hallucination ? avait-elle bien vu ce qu'elle avait cru voir ?

Ses os étaient glacés... elle se rejeta vivement en arrière et chercha Gontran...

Ce dernier venait de rouvrir les yeux et lui faisait signe d'approcher.

Elle courut à lui.

— Vous ne dormez donc pas ! dit-il à voix basse.

— Je veille... répondit l'enfant. Je suis si heu-

reuse à la pensée que vous reposez là... près de
moi. ·

— Chère âme !... Ah ! le ciel est bon... Dans quelques semaines,... nous serons unis... Désormais, rien
ne peut plus nous séparer... Réjane ! Réjane !

— O Gontran... mon Gontran !...

Elle se tut.

Les lèvres de Gontran avaient rencontré les sien-
nes... jamais pareille sensation n'avait sillonné son
cœur et brûlé sa chair !

L'heure qui suivit passa comme un rêve.

Réjane s'était assise à côté de Gontran ; et la
main dans la main, ils parlaient à voix émue et
basse.

On avait dépassé Mâcon.

Le jour commençait à poindre. Une ligne rose,
encore pâle, rayait l'horizon, annonçant l'approche
de l'aurore ; à travers les buées transparentes des
prairies on voyait se profiler vaguement les vil-
lages qui bordent la voie. Un air plus frais et plus
pur pénétrait dans le salon. La nature entière sortait des ombres de la nuit et renaissait à la lumière
et à la vie.

Réjane n'avait pas oublié l'incident qui l'avait si
fort effrayée. La clarté du jour en atténuait bien un
peu l'effet, mais quand elle y pensait, un frisson
courait sur sa peau, lui communiquant une sorte de
terreur rétrospective.

Enfin, on arriva à Lyon, où l'on devait stationner
vingt minutes, et tous les voyageurs se précipitèrent
sur le quai.

Pendant que le général descendait du wagon, Réjane, qui ne voulait pas quitter Gontran, se pencha à la portière, cherchant à reconnaître Beverley dans la foule.

Elle ne l'avait pas oublié, lui, et la duchesse, à qui elle avait fait partager une partie de ses appréhensions, vint la rejoindre à son poste d'observation.

Elle était, de son côté, pour le moins aussi curieuse que l'enfant.

— Eh bien, murmura-t-elle de façon à ce que Gontran ne les entendît pas, vous ne voyez rien.

— Rien, répondit Réjane.

— Bon! nous nous sommes trompées; il a pris le même train que nous, mais il se sera arrêté en route, à Dijon peut-être ou à Mâcon.

— C'est possible.

— Du reste, quelle idée qu'il· fût venu pour nous...

— Je ne sais, mais cette rencontre était vraiment si imprévue...

Réjane n'acheva pas.

Un mouvement singulier s'opérait en ce moment sur le quai, et un groupe nombreux et animé s'était formé à quelques pas du wagon occupé par la duchesse et Réjane.

— Qu'y a-t-il? demanda madame de Frileuse.

Un homme d'équipe passait... il s'arrêta en portant la main à sa casquette.

— Ce n'est rien, mesdames, répondit-il... c'est un wagon dont la portière est fermée en dedans, et que

l'on cherche à ouvrir... probablement, quelque voyageur qui aura voulu s'amuser... Ce n'est pas la première fois que cela arrive...

— Cependant... on dirait que ce n'est point un
accident ordinaire... répliqua Gontran.

— Je vais vous dire, monsieur, continua l'homme
d'équipe... il y a, en effet, quelque chose de particulier.

— Quoi donc ?

— Non-seulement la porte est fermée en dedans,
mais les rideaux des glaces sont tirés, et il est impossible de voir s'il y a quelqu'un à l'intérieur.

Sans se rendre bien compte de ce qu'elle éprouvait,
à cette réponse, Réjane se prit à frissonner, et se
rappelant ce qu'elle avait vu la nuit, le soupçon d'un
crime traversa son esprit.

Presque aussitôt et comme si l'événement voulait
répondre à sa propre pensée, un tumulte s'éleva du
groupe qui stationnait à quelques pas, et vingt cris
d'horreur retentirent.

On venait enfin d'ouvrir la portière du wagon, et
un épouvantable spectacle avait frappé tous les regards.

Une mare de sang baignait le tapis du compartiment, et, sur les coussins, un homme était étendu,
la poitrine trouée de dix coups de couteau.

15.

XXVIII

En un instant, le désordre et l'effarement atteignirent les dernières limites.

Les employés allaient et venaient sur les quais et sur la voie. Le commissaire spécial était accouru ; on attendait le médecin qui devait se livrer aux premières constatations légales.

Le corps sanglant avait été laissé dans la position où on l'avait trouvé ; il ne donnait aucun signe de vie.

Enfin, le docteur arriva, et l'on ne tarda pas à recueillir les éclaircissements les plus précis sur l'affaire.

L'homme respirait encore, mais il était mortellement frappé et n'avait plus guère qu'une heure à vivre.

Son identité fut du reste facile à établir.

Il portait sur lui des papiers en règle ; c'était un

sujet anglais ou américain qui s'appelait Beverley.

On trouva, en outre, dans la poche de son paletot, des valeurs considérables... ce qui donna lieu de penser que l'assassin n'avait pas eu le vol pour mobile.

C'était une vengeance !

Mais quel était l'assassin, et comment le crime s'était-il accompli?

Le moribond pouvait seul donner des explications utiles sur ce point.

Le docteur lui administra un cordial violent qui, pour un moment, le rappela à la vie.

Beverley fit un soubresaut, se dressa les cheveux hérissés sur son séant, et promena son regard vitreux autour de lui, en proférant une épouvantable imprécation.

— Où est-il?... qui êtes-vous?... murmura-t-il en faisant un effort surhumain.

— Reprenez vos sens, dit le docteur, et faites-nous connaître le misérable qui a tenté de vous assassiner.

Le visage du gentleman se contracta.

En même temps, ses ongles s'enfoncèrent dans le bras du docteur, et il poussa un rugissement.

— Lui !— Lombard ! c'est Lombard ! Je dormais ! Quand je me suis réveillé, son couteau me labourait la poitrine... puis plus rien !...il avait disparu...

Il respira bruyamment.

— Ah ! vous le retrouverez, n'est-ce pas !... continua-t-il... vous le livrerez au bourreau... il y a une justice humaine! oh ! si je pouvais, si je le tenais là, sous mon genou, mes ongles dans sa chair; mais non, non, horrible, c'est horrible.

Sa voix faiblissait, ses yeux se voilaient de ténèbres; ses bras s'agitaient dans le vide, comme pour repousser de sinistres visions.

— A moi ! ajouta-t-il encore, où êtes-vous ? Je n'y vois plus. Aurore ! Mon âme, ma vie. Mon Dieu, quel vertige m'emporte? qui me précipite? Où vais-je?

Il n'en put dire davantage.

Ses lèvres blêmes remuaient avec une mobilité effrayante... des frissons violents ridaient sa peau... Sa face convulsée rappelait par instants la hideuse expression de l'épilepsie !

Tout se tut alentour.

Chacun comprit que la mort était proche.

Beverley eut encore, en effet, quelques tressaillements énergiques, sa tête roula comme détachée de ses épaules... puis un dernier râle gonfla sa poitrine et vint expirer sur sa bouche !...

Alors ses lèvres cessèrent de remuer, ses membres prirent tout à coup, presque sans transition, cette rigidité particulière que la mort imprime au corps humain, et son œil devint immobile et fixe.

C'était fini !...

Cependant, le train avait, depuis quelques minutes déjà, épuisé le temps d'arrêt qui lui était accordé, et il fallut songer au départ.

On s'empressa de détacher le compartiment occupé par Beverley... les voyageurs remontèrent vivement en voiture, et, peu après, le sifflet retentit.

Au moment où le train se mettait en marche, Réjane, profondément impressionnée, s'était jetée dans les bras de la duchesse de Frileuse.

— Quelle horrible aventure! balbutia-t-elle épouvantée de ce qu'elle venait d'apprendre.

La duchesse la serra avec effusion dans ses bras.

— C'est horrible, en effet, dit-elle, mais le doigt de Dieu est dans tout ceci, et désormais, vous n'avez plus rien à redouter.

Réjane se tut; un frisson mystérieux avait glacé ses épaules.

Ce que venait de dire la sœur de Gontran répondait trop bien à ce qu'elle pensait elle-même, et au fond du cœur, elle se sentait rassurée par le sanglant incident qui les avait terrifiés tous.

Le même jour ils arrivaient à Nice.

Une villa avait été louée sur les hauteurs, d'où l'on dominait en même temps la ville et la mer.

Le coup d'œil était splendide; l'air y était pur et sain.

L'installation demanda quelques jours, et bien des préoccupations pesèrent encore sur l'esprit de chacun.

Le voyage avait fatigué Gontran; sa blessure s'était rouverte dès le lendemain de l'arrivée, et l'on se vit obligé d'appeler un nouveau médecin.

C'était peu grave à la vérité... mais il fallait de grands ménagements, et des soins assidus.

Réjane ne quittait presque plus son fiancé.

On avait arrêté que le mariage aurait lieu dès le rétablissement du blessé...

Et l'on attendait !

Plus de deux mois se passèrent...

Réjane était heureuse... il lui semblait que Dieu veillait lui-même sur Gontran, et elle attendait l'heure où elle serait sa femme, avec une patience résignée.

Ils sortaient peu.

Leur vie s'écoulait calme et tranquille dans les limites étroites de la petite villa.

Ils ne voyaient que fort peu de monde.

Quelques amies de la duchesse, quelques vieux compagnons d'armes du général, et c'était tout !

Réjane, elle, ne connaissait personne que Gontran.

Souvent, le soir, ils passaient de longues heures assis, l'un à côté de l'autre, sur la terrasse d'où l'on découvrait un panorama splendide ; à droite les pics neigeux des Alpes au sommet desquels la lune allumait parfois un étincelant diadème — à gauche, la mer infinie qui leur envoyait ses âpres et pénétrantes senteurs, enfin au-dessus de leur tête, un ciel pur semé de millions d'étoiles d'or !...

La main dans la main, le cœur baigné d'ineffables tendresses, le regard perdu dans les harmonieuses perspectives nocturnes, ils restaient là, sans échanger une parole, attendris et muets, se communiquant leurs impressions par une douce pression.

Réjane n'avait jamais ressenti un pareil bonheur — elle ne soupçonnait pas qu'il y eût autre chose dans la vie — elle eût voulu vivre ainsi, éternellement, auprès de Gontran, sous le regard de Dieu !

Peu à peu cependant, sous l'influence de l'atmosphère de ces contrées bénies du soleil, Gontran finit par retrouver ses forces et revenir à la santé.

Les couleurs revinrent à ses joues, son œil recouvra sa vivacité et il commença à réclamer un peu plus de liberté.

Alors, il sortit.

Souvent on le vit, appuyé au bras de mademoiselle de Graçay, suivi par la duchesse et le général, aller et venir sur le bord de la mer, le long de la promenade des Anglais.

Puis un jour il prit sa volée, et s'aventura tout seul dans la ville et sur le port.

On était alors au mois de février.

La convalescence avait duré plus de trois mois, mais il n'y avait plus à craindre de rechute...

Dès qu'il se sentit tout à fait rendu à lui-même, Gontran eut une longue conversation avec le général et avec sa sœur, et à la suite de cette conversation, il fut définitivement décidé que l'on s'occuperait sans délai des préparatifs du mariage.

L'union des deux jeunes gens devait s'accomplir à Nice, sans tapage... modestement... comme il convient au véritable bonheur...

Réjane ne tenait pas à ce que son bonheur eût tant de témoins... et Gontran était également de cet avis.

La duchesse de Frilouse se chargea de régler les principaux détails, et, de son côté, le vicomte s'occupa de ce qui le concernait plus particulièrement.

Plus le moment approchait, plus il devenait impatient.

Il lui semblait que jamais il n'avait tant aimé Réjane !

Et pourtant! depuis quelques semaines, on eût dit qu'une ombre de mélancolie se fût tout à coup répandue sur le front de l'enfant...

Gontran le remarqua bien vite, et cette remarque lui communiqua un moment de tristesse.

Que se passait-il dans le cœur de Réjane?... Le bonheur a parfois de ces mélancolies, comme il y a des brumes sur les plus belles aurores. Il aimait à penser que l'attitude de la jeune fille n'avait rien de sérieux...

Toutefois, il s'en montra inquiet, et, n'osant l'interroger, il l'observa...

Et alors, voici ce qui advint.

Un soir, qu'il avait été retenu plus tard que de coutume, et qu'il rentrait vers sept heures à la villa, il trouva sur son chemin, non loin de l'habitation, un homme qui l'attendait, et vint à sa rencontre dès qu'il l'aperçut.

C'était Hector de Précourt.

Il ne l'avait pas revu depuis le duel ; il lui tendit la main avec un empressement cordial.

— Vous! mon cher ami; dit-il... Croyez que je suis bien heureux de vous voir.

Précourt serra la main que lui tendait Gontran, et comme ce dernier cherchait à l'entraîner vers l'habitation :

— Non, dit-il... avec un triste sourire, mille

grâces ; si vous le voulez bien, nous resterons ici.

— Cependant...

— J'ai à vous parler.

— Eh bien.

— Et vous seul devez entendre ce que j'ai à vous dire.

Gontran regarda le jeune homme avec étonnement.

— De quoi s'agit-il donc? demanda-t-il.

— Il y a, répondit Précourt, que je suis à Nice... depuis deux mois.

— C'est la première fois que je vous rencontre.

— Je ne suis pas seul.

— Ah !...

— Et la pauvre jeune femme que j'ai accompagnée, se trouve dans un état de santé qui réclame des soins constants,

— Quelle personne? interrogea Gontran avec un vague soupçon de la vérité.

Précourt remua le front.

— Vous auriez de la peine à la reconnaître... si je ne vous la nommais pas... répondit-il.

— Est-ce que ce serait?...

— Ninoche.

— Elle! elle !

Il y eut un moment de silence, puis Précourt reprit :

— Après la mort de Cardinel, dit-il, ou plutôt après votre duel avec Boverley, elle fut prise d'une sorte de mélancolie à laquelle rien ne put l'arracher. Je m'étais lié avec elle, et elle m'avait intéressé dès le premier jour ; je voyais qu'elle dépérissait, et le docteur Desbois m'avait avoué qu'il n'augurait pas bien de son état... je lui proposai de changer d'air, de voyager, de venir à Nice chercher un climat dont l'influence devait la remettre... et elle accepta avec empressement l'offre que je lui faisais... elle savait que vous étiez ici... l'espoir de vous y rencontrer ne fut pas étranger, j'en suis convaincu, à sa détermination...

— Et depuis qu'elle est arrivée ?

— Cela n'a fait qu'empirer... Cependant, rien encore ne faisait prévoir un dénoûment si prompt...

— Que dites-vous ?

— Avant-hier, dans la nuit, elle se sentit tout à coup plus mal...

— Pauvre enfant !...

— J'appelai le docteur, qui est le vôtre ; c'est celui-là seul qu'elle voulait voir à son chevet, et à peine l'eut-il vue — il n'eut pas besoin d'un long examen — et m'annonça qu'elle allait mourir.

— C'est affreux...

— Oui, affreux ! vous dites bien, mon ami ; depuis deux jours, le délire ne l'a pas quittée... elle vous appelle... elle repousse avec violence la mort qui approche... et jamais je n'avais assisté encore à un spectacle plus navrant.

— Et vous êtes venu me chercher.

— Le docteur pense qu'elle ne passera pas la nuit.

— Que faire !

— Ne voulez-vous pas lui serrer la main avant

qu'elle ne meure ; c'est son dernier vœu, je crois que cela lui apportera une réelle consolation dans l'épouvantable situation où elle se trouve.

Gontran hésita à peine une seconde.

— Vous avez raison, mon ami, dit-il aussitôt... La pauvre enfant m'a été dévouée plus que je ne devais l'attendre d'elle... et je ne lui manquerai pas à sa dernière heure... Je rentre, pour qu'on ne soit pas inquiet à la villa, et, dans cinq minutes, je reviens.

— Attendez-moi !

Il allait s'éloigner, Précourt le retint.

— Un mot encore... dit-il ; vous allez voir mademoiselle de Graçay... Eh bien ! voulez-vous que je vous fasse part d'un soupçon qui m'est venu ?

— Dites... dites ? fit Gontran surpris.

— Si je ne me trompe... je crois que mademoiselle de Graçay connaît la présence de Ninoche à Nice...

— Y songez-vous... est-ce possible...

— J'en suis sûr.

— Qui vous fait supposer ?

XXIX

— Un détail, répondit Précourt. Quelques semaines après notre arrivée, et quand tout le monde,
à l'exception du docteur, ignorait encore que nous
fussions à Nice, on a apporté à Nihoche un bouquet
de lilas blanc.

— Quel rapport...

— C'est insignifiant, sans doute; mais depuis, et
chaque jour, le même envoi s'est renouvelé.

— Et vous supposez...

— Attendez ! cela m'avait intrigué tout d'abord,
j'ai voulu savoir, et j'ai interrogé le messager. Or, à
travers ses réticences, j'ai fini par comprendre une
partie du secret; de plus, et pour lever tous les
doutes, hier soir, comme je prenais l'avis du docteur
sur le projet que j'avais formé de vous venir chercher, il m'a tout dit.

— Quoi?

— A plusieurs reprises, mademoiselle de Graçay lui a demandé des nouvelles de la jeune femme... et elle sait, depuis ce matin, qu'elle n'a plus que quelques jours à vivre...

Gontran gagna la villa, le front soucieux et préoccupé...

La première personne qu'il rencontra sur le seuil fut Réjane.

Il tressaillit.

Mais son hésitation fut de courte durée, car Réjane alla d'elle-même au-devant d'une explication.

— Vous avez vu M. de Précourt, dit-elle un peu agitée, et peut-être venait-il vous chercher?

— D'où savez-vous? balbutia Gontran.

— Oh! j'ai deviné... continua Réjane, il est inutile de dissimuler, cela ne serait digne ni de vous ni de moi. Il vous a parlé, n'est-ce pas, de cette jeune femme à laquelle je dois plus que la vie... l'honneur même.

— C'est vrai!

— Elle se meurt.

— Il me l'a dit.

— Et avant de quitter cette vie misérable, elle veut vous voir!

— Vous déplaît-il que je me rende à son appel.

Réjane cacha sa tête sur la poitrine du vicomte.

— Ah! je suis trop heureuse de votre amour, mon ami, dit-elle la gorge serrée... Pauvre femme!... si j'osais... j'irais avec vous.

Gontran baisa tendrement le front de l'enfant.

— Vous êtes une sainte, répondit-il, et je ne vous aimerai jamais assez!... Alors... vous ne m'en voulez pas?

— Ne perdez pas une seconde!... Gontran! mon Gontran!... allez... allez... et que Dieu la reçoive dans sa douleur et son repentir!

Un quart d'heure plus tard, le vicomte, accompagné de Précourt, traversait la ville et s'arrêtait, non loin du port, au seuil d'un petit cottage adossé à la montagne d'où la vue s'étendait sur la mer.

Un silence plaintif régnait autour de l'habitation.

Précourt ouvrit discrètement la grille d'entrée, traversa avec précaution un jardin touffu, où les lauriers roses et les citronniers étaient en fleurs et atteignit le perron par lequel on accédait au chalet.

Une fois là, il se tourna vers Gontran qui le suivait, et mit un doigt sur ses lèvres.

Quoi qu'il pût faire, le jeune vicomte ne pouvait contenir son cœur qui battait à se rompre, mille sensations diverses troublaient son cerveau... il avait hâte et en même temps, il craignait d'arriver.

Comme il montait les degrés du perron, il prêta l'oreille.

Il venait d'entendre prononcer son nom, il avait reconnu la voix de Ninoche.

Il pressa le pas et pénétra bientôt dans la chambre mortuaire!...

Chambre mortuaire!... nous maintenons le mot...

Deux bougies brûlaient sur la cheminée, répandant dans la chambre une clarté tremblotante et douce... et sur une table placée près de l'alcôve, une veilleuse jetait alentour ses rayons indécis...

Gontran s'approcha.

Ninoche était là. Son corps se dessinait sous les draps blancs qui accusaient ses formes amaigries ; sa poitrine se soulevait avec effort, déchirée de temps à autre par un râle affreux, et son regard jaillissait de son orbite avec des lueurs fauves qui rayaient par instant les ombres de l'alcôve.

Alors un fait mystérieux se passa.

Tout à coup, la jeune femme cessa de râler ; ses ongles s'accrochèrent à la couverture, et elle se dressa effarée et droite, les cheveux dénoués et le sein nu !

— Gontran ! s'écria-t-elle d'une voix forte et bien accentuée, comme si le peu de vie qui lui restait eût fait explosion.

Gontran avança de quelques pas, et aussitôt il sentit dix doigts décharnés saisir énergiquement ses deux mains !

— Vous ! c'est vous ! dit encore la pauvre femme... Dieu m'a donc entendue !... il a eu pitié de moi... maintenant, je n'ai plus peur et je mourrai heureuse...

Et elle l'enveloppa d'un regard profond et fixe où se mêlaient à la fois le bonheur de l'avoir revu et le regret de le perdre.

Cela fut rapide... avec une mobilité d'enfant ou de moribond, elle passa bien vite à d'autres impressions.

Une vive rougeur venait de monter à ses joues,

elle avait à la hâte réparé le désordre de sa nudité, et rejeté en arrière les cheveux qui couvraient son visage.

— Ainsi, vous êtes venu... dit-elle, la lèvre frémissante ; si vous saviez avec quelle impatience je vous attendais... on m'avait dit que vous étiez ici... et c'eût été mourir deux fois, que de mourir sans vous avoir revu... maintenant, voyez, je suis plus calme... cela ne m'effraye plus... il me semble que mes horribles souffrances ont cessé tout à coup...

— Mais vous vivrez !... voulut dire Gontran...

Ninoche remua la tête, et un triste sourire releva le coin de sa bouche.

— A quoi bon ? répondit-elle ; et qu'est-ce que je ferais de la vie ! Non... j'en ai assez !... D'ailleurs je n'ai aimé qu'un homme ; si ce n'avait pas été un rêve insensé... je lui aurais donné mon cœur, mon âme... mon sang, goutte à goutte !... Tenez, ne parlons plus de cela, M. Gontran... Les instants me sont comptés... et je ne veux pas que vous restiez ici plus qu'il ne convient... Ecoutez... répondez... Vous êtes heureux, n'est-ce pas...

— Oui, mon enfant...

— Vous avez choisi une femme digne de vous... et tout ce que je demande à Dieu.. c'est qu'elle vous donne ce bonheur que vous ne pouviez attendre de moi !... dites-lui que j'ai parlé d'elle... vous me le promettez ! elle ne peut pas être jalouse, et vous pourrez quelquefois parler de la pauvre Ninoche.

— Je n'oublierai jamais le dévouement que vous m'avez témoigné.

— A la bonne heure, et maintenant, vous allez partir.

— Que dites vous ?

— Je ne veux pas que vous restiez ! c'est une chose hideuse que la mort... je sens bien qu'elle est proche, et je ne veux pas que vous assistiez à mes derniers moments.

— Cependant...

— Seulement, avant que vous ne partiez, je vous adresserai une prière.

— Dites ! dites !

— Je vais mourir.

— Ah ! nous vous sauverons.

— Non, monsieur Gontran, non ; d'ailleurs, je ne veux pas être sauvée ; seulement, il y a une chose que je désire vous demander, et je n'ose pas.

— Quoi donc ?

— Si mademoiselle de Graçay était là ! c'est à elle que je m'adresserais.

— Expliquez-vous, et je vous jure...

La jeune femme se pencha, ardente et fiévreuse, à l'oreille du vicomte.

— Eh bien, dit-elle à voix basse et avec un regard où palpitait toute son âme... pardonnez-moi... mais avant de partir... je veux... que... vous m'embrassiez.

Gontran ne répondit pas... il était ému, troublé, attendri, et obéissant à un mouvement irréfléchi de sa nature généreuse, il prit la pauvre Ninoche dans ses bras, et baisa avec effusion son front pâle et glacé.

Les mains de la jeune femme se tordirent autour de son cou, et pendant quelques secondes, on entendit sa poitrine qui haletait sous cette étreinte.

— Adieu ! partez !... dit-elle peu après... et que Dieu vous bénisse pour le bonheur que vous m'avez apporté.

Gontran obéit. Cette scène l'avait douloureusement impressionné, et c'est d'un pas lent et pénible, qu'il regagna la villa où Réjane l'attendait.

Ninoche survécut à peine quelques heures à son départ.

Dès qu'il avait disparu, l'agonie commença.

Elle fut relativement douce, et exempte des épouvantables convulsions qui, le plus souvent, précèdent la mort.

Quand elle eut rendu le dernier soupir, son visage prit une expression de calme et de sérénité tranquille qu'on ne lui avait jamais connue pendant la vie !

On eût dit qu'elle reposait.

Elle était morte !

Elle fut inhumée, le lendemain, dans le cimetière de Nice, par les soins de Précourt.

Gontran et ce dernier accompagnèrent seuls le corps jusqu'à sa dernière demeure.

Sur la pierre qui recouvre sa dépouille mortelle... on a gravé son nom... Mais si jamais personne ne vient s'agenouiller et prier sur cette tombe... elle n'est pas cependant abandonnée non plus !

Le fossoyeur en prend un soin particulier, et les fleurs que l'on a plantées à l'entour sont entretenues par le sombre fonctionnaire comme s'il était payé pour cela.

Il l'est — en effet — et à ceux qui lui ont adressé quelques questions à ce propos, il n'a jamais hésité à répondre qu'il agissait ainsi par l'ordre de madame la vicomtesse Réjane d'Epernon.

Vicomtesse d'Epernon !...

Le mariage de Réjane avec Gontran s'était fait quelques semaines après la mort de Ninoche... sans bruit, sans éclat, en présence de quelques amis dévoués de la famille, et dans la modeste église de Nice.

Ce que l'on remarqua le plus, c'était un beau vieillard qui se tenait dans un coin de la chapelle, mordillant sa forte moustache grise, et ne cherchant pas à essuyer les larmes qui baignaient ses joues.

On sut que ce vieillard s'appelait Martial, et qu'il remplissait les fonctions de garde au château de Graçay-Chambrun.

Après la messe, on déjeuna à la villa, puis, dans l'après-midi, une voiture vint chercher les nouveaux époux qui partirent pour l'Italie.

Le même soir, le général prenait le chemin de fer en compagnie de Martial et allait se réfugier à Graçay-Chambrun.

Quant à la duchesse, elle resta encore un mois à Nice avec ses enfants et son mari.

Il semblerait que nous dussions nous arrêter ici.

Nous avons cependant quelques mots à ajouter,

et le lecteur voudra bien, pour un instant encore, nous continuer la bienveillante attention qu'il nous a prêtée jusqu'à présent.

On a dit que les peuples heureux n'ont point d'histoire... Le bonheur de Réjane et de Gontran perdrait, en effet, à être raconté et nous n'en dirons rien !...

Mais il est un point sur lequel nous ne pouvons garder le même silence.

C'est l'épilogue indispensable, le complément logique et rigoureux, la morale même des événements que nous avons entrepris d'écrire, et si le lecteur n'éprouve qu'un désir modéré d'apprendre ce que sont devenus Brin-de-Tulle et Saint-Clair, tout au moins sera-t-il curieux de connaître le sort qui attendait Herminie, au lendemain de la disparition du prince Lubiroff.

Ce sera le dernier chapitre de ce récit ; on pourrait l'intituler la DERNIÈRE NUIT DU BOULEVARD.

XXX

DERNIÈRE NUIT

Pendant que Gontran se mariait à Nice, voici à peu près ce qui se passait à Paris.

La mort dramatique de Charles Cardinet et la disparition mystérieuse du prince Lubiroff, plus connu désormais sous le nom de Lombard, avaient pendant quelques jours défrayé la chronique parisienne.

Mais nous savons ce que dure l'effet des événements les plus graves, et une semaine ne s'était pas écoulée, que l'on oublia bien vite ces deux personnages qui avaient tenu une place si importante dans le monde de la capitale.

Tout au plus le prince eut-il un regain de publicité, quand on apprit l'assassinat de Beverley, mais cette impression même ne fut que passagère ; c'était, à partir de ce moment, une affaire entre la po-

16.

lice et le nommé Lombard, et l'on ne s'en préoccupa guère.

La nouvelle pièce des *Variétés* atteignait les dernières limites du succès... on faisait le maximum des recettes : les acteurs rivalisaient de talent et de fantaisie, et une foule enthousiaste, recrutée parmi toutes les classes de la société, emplissait chaque soir la salle, depuis les fauteuils d'orchestre jusqu'aux places de la dernière galerie.

Le triomphe de Brin-de-Tulle était complet !

Un peu émue et intimidée, pendant les premières représentations, elle avait fini par reprendre son aplomb naturel et il était manifeste qu'elle exerçait maintenant une influence sérieuse au double titre de chanteuse et de jolie femme.

Saint-Clair était véritablement heureux et allait de lui-même au-devant de ses caprices.

Il lui avait acheté un charmant hôtel aux Champs-Élysées, et avait augmenté sa liste civile dans des proportions qui l'élevaient presque à la hauteur de Nabab;

Brin-de-Tulle n'était, du reste, pas fille à abuser de la situation : elle savait proportionner ses caprices à la fortune de ses adorateurs; ce n'est pas elle qui eût compromis l'avenir par d'excessives prétentions dans le présent.

Et puis, à travers ses défauts, Brin-de-Tulle avait une qualité essentielle.

Elle était bonne fille, et ce qu'elle fit pour Ninoche doit lui être compté.

Après la catastrophe qui l'avait violemment séparée de Cardinet, Ninoche s'était trouvée tout à coup dans le dénûment le plus triste. Elle avait toujours vécu au jour le jour, escomptant l'avenir, ne prévoyant pas la gêne, encore moins la misère.

D'ailleurs, elle aimait Gontran, elle s'inquiétait pour lui, et ne songeait pas à autre chose.

Brin-de-Tulle l'apprit et la recueillit chez elle.

Ninoche était déjà bien changée à cette époque ; le premier médecin qui la vit ne se trompa point sur la gravité de son état.

Elle était perdue !

Une pâleur maladive s'était répandue sur ses joues ; ses yeux s'étaient cernés et creusés; une toux opiniâtre et sèche déchirait sa poitrine.

Brin-de-Tulle voulut veiller sur les derniers jours qui lui restaient à vivre.

Elle l'entoura de soins, chercha à la distraire et parmi les jeunes gens qui fréquentaient son salon, il s'en trouva un qui se mit de moitié dans l'œuvre charitable qu'elle voulait accomplir.

Précourt !

Il était riche, généreux ; sous l'apparente indifférence d'un homme de plaisir il cachait un cœur d'or.

Ninoche se laissa faire.

Et puis on lui parla d'aller passer quelques mois à Nice, où elle savait que Gontran se trouvait.

Elle ne se faisait pas d'illusion, elle sentait bien qu'elle devait mourir prochainement.

Mais il lui sembla doux d'aller vivre ses derniers

moments sous le même ciel que celui qu'elle aimait.

Elle partit ; sa mort au moins fut adoucie par la présence du vicomte.

Mais Ninoche ne fut pas la seule personne pour laquelle Brin-de-Tulle se montra bonne et dévouée.

Elle avait connu Adolphe à des heures difficiles, et il lui avait rendu des services dont elle gardait le souvenir.

Adolphe n'était pas heureux... Son existence traversait parfois des passes dangereuses... Il avait toujours trouvé chez l'ex-étoile de l'Eldorado un empressement spontané à lui venir en aide...

A mesure que la jeune femme s'élevait, le cercle de ses relations s'étendait et quand elle recevait, dans son délicieux hôtel des Champs-Élysées, toutes les notabilités boulevardières s'y donnaient rendez-vous.

On parlait de ses fêtes dans les journaux, et il n'est pas une femme, si haut placée qu'elle fût dans le monde de la galanterie, qui ne sollicitât, comme une précieuse faveur, d'y être invitée.

Plus d'une fois, Brin-de-Tulle avait reçu Herminie Dalbane.

Depuis quelques mois, la notoriété de cette dernière avait singulièrement grandi.

On assurait qu'elle venait d'être remarquée par César lui-même, et la publicité donnée à un tel honneur n'avait pas peu contribué à la mettre en vedette !

Herminie Dalbane semblait au surplus avoir bu toute honte.

Humiliée dans le passé, désormais sans espoir dans l'avenir, elle s'était ruée dans le présent, cherchant avec une sorte de fureur, l'âpre volupté de l'oubli.

Elle menait une existence royale.

Sa maison était montée sur un pied que n'aurait pu entretenir aucun banquier moderne. Elle avait des valets aux livrées splendides; ses attelages faisaient l'admiration et provoquaient l'envie de toutes les habituées du Bois... et sa galerie de tableaux rivalisait avec celles des grands seigneurs les plus excentriques.

Quelques amis sincères lui avaient conseillé un peu de modération, sinon plus de modestie. Elle leur avait ri au nez.

Elle s'était prise de plus, d'une passion folle pour le jeu !...

Brusquement, elle quittait Paris, sans prévenir personne, et une semaine après, on la rencontrait à une table de trente et quarante, à Hombourg, à Spa ou à Monaco.

Elle perdait et gagnait des sommes considérables... mais ces émotions la tenaient incessamment en éveil, et pour rien au monde, elle n'eût voulu renoncer à cette vie qui lui procurait l'oubli !...

Combien cela dura-t-il ?...

Elle ne le sut réellement jamais elle-même...

De loin en loin, Brin-de-Tulle la voyait reparaître, et, à chaque fois, elle remarquait que sa beauté s'im-

prégnait de souci et de fatigue, qu'insensiblement
son teint se couperosait, que son œil naguère si
vif devenait comme atone et voilé !...

Elle fut frappée de ce changement.

Puis, tout d'un coup, elle ne la vit plus !...

Pendant quelques mois, on s'inquiéta bien un peu
de savoir ce qu'elle était devenue... mais elle n'avait
aucune attache dans le monde du plaisir, elle n'y
avait séjourné un moment qu'à titre de déclassée...
On n'y prit pas garde autrement.

Deux années se passèrent sans qu'on entendît
parler d'elle.

Ninoche était morte... Gontran d'Épernon avait
épousé mademoiselle Réjane de Graçay-Chambrun...
Brin-de-Tulle s'était enrichie au-delà de ce qu'elle
avait pu espérer.

Tout est pour le mieux dans le meilleur des
mondes !

L'hiver était survenu.

On touchait à la fin du mois de décembre 1868.

L'aspect des boulevards ne se modifie jamais sensiblement à Paris; c'est toujours le même mouvement, la même circulation active, le même bruit
assourdissant... Le personnel change bien de temps
à autre; de nouvelles notoriétés se produisent, qui
viennent remplacer celles qui ont sombré! A peine
s'en aperçoit-on. C'est un flot à la place d'un autre...
Cela ne saurait influer sur les lois éternelles de syzy-
gie morale, qui font monter et descendre la marée
humaine.

Rien n'était donc changé, et tout au plus pouvait-

on relever, ce soir-là, quelques cravates blanches,
et pas mal d'habits noirs qui se dirigeaient vers le
Gymnase où il y avait une *première* de Victorien
Sardou.

Les terrasses des cafés resplendissaient... En
passant devant Brébant, on entendait le cliquetis
des assiettes remuées, et la voix des garçons qui, du
premier étage, jetait au chef des cuisines des no-
menclatures de menus succulents... Çà et là, sur le
trottoir, circulaient de jeunes femmes aux paupières
bistrées, balayant l'asphalte de leurs longues traînes
de soie...

Depuis quelques jours, le vicomte Gontran d'Epernon était à Paris. Il était descendu avec Réjane chez
madame la duchesse de Frileuse.

Ils revenaient de voyage !

Ces deux années avaient passé comme un rêve,
pas la moindre ride sur ce lac tranquille, pas le plus
petit nuage dans ce ciel pur.

A peine un trouble vague, qui inquiétait bien un
peu le vieux général, mais qui ne touchait pas encore les deux amoureux.

Le général se faisait vieux ! le poids des années
commençait à peser lourdement sur son front
chauve, — il n'eût pas voulu mourir sans avoir tenu
dans ses bras... un bel enfant qui ressemblât à sa
Réjane bien aimée.

La représentation du Gymnase finit à une heure
avancée; minuit était sonné depuis longtemps,
quand les spectateurs se répandirent sur le boulevard.

Gontran et Réjane sortirent les derniers.

Une voiture les attendait sur la chaussée. Mais il faisait une nuit splendide; le ciel étincelait d'étoiles; Réjane exprima le désir de marcher et de respirer.

Gontran fit signe à son cocher de les suivre, et ils partirent à pied.

Réjane ne s'était jamais vue à pareille heure dans ce quartier de Paris. Elle ouvrait de grands yeux étonnés et curieux, et quand elle rencontrait quelque spectacle bizarre, inattendu, elle se rapprochait de Gontran, et levait vers lui ses regards interrogateurs.

Gontran serrait alors son bras contre sa poitrine, et murmurait quelques mots à son oreille.

Puis, ils continuaient d'avancer, pressés l'un contre l'autre, et traversaient la foule, enveloppés dans leur amour, comme les dieux de la fable dans le nuage qui les rendait invisibles.

Ils atteignirent ainsi la rue de la Chaussée-d'Antin, et, à ce moment, le jeune vicomte sentit que le bras de Réjane s'appuyait plus lourdement sur le sien.

— Tu es fatiguée? interrogea-t-il avec intérêt.

— Un peu, répondit Réjane, mais cela m'a fait du bien de marcher.

— Je vais appeler la voiture.

— Si tu veux.

Gontran héla le cocher, qui vint se placer le long du trottoir.

Seulement, au moment où le valet allait ouvrir la

portière, un homme s'approcha du vicomte en portant la main à sa casquette.

— Que voulez-vous? demanda Gontran, en l'examinant.

Il n'avait pas achevé qu'un frisson l'envahit tout entier, et que son regard, quittant brusquement l'homme, se porta avec vivacité vers l'angle de la rue, où une femme, misérablement vêtue, attendait adossée à la muraille.

L'homme, il l'avait reconnu tout de suite... C'était Adolphe.

Mais un impérieux instinct s'était emparé de lui, et il voulait savoir quelle était cette femme qui attendait là, dans une attitude si humble.

Deux cris partirent alors, presque en même temps : l'un poussé par Adolphe qui venait à son tour de reconnaître le vicomte, l'autre poussé par Gontran qui venait de mettre un nom sur le visage de la femme.

C'était Herminie!

— Quoi ! qu'y a-t-il? demanda Réjane étonnée de l'incident.

— Ce n'est rien, répondit Gontran...

Et se penchant à l'oreille d'Adolphe, pendant qu'il lui glissait quelques louis dans la main.

— Tiens, prends ! ajouta-t-il à voix ardente et basse ; mais demain, tu m'entends, demain, à la première heure, tu viendras me voir à l'hôtel de la duchesse, rue de Varenne.

— Ce sera fait, et vous pouvez y compter, répondit Adolphe.

II   17

Réjane était montée en voiture, Gontran l'y avait suivie. Le coupé partit aussitôt au trot allongé de ses deux chevaux.

Le lendemain, Gontran apprit la lamentable histoire d'Herminie.

Adolphe, alléché par les libéralités du vicomte, n'avait eu garde de manquer au rendez-vous, et ses réponses aux questions qui lui furent adressées ne laissèrent place à aucune obscurité!

Pendant les deux années qui venaient de s'écouler, la malheureuse Herminie s'était jetée dans tous les excès de la vie qu'elle avait inaugurée d'une façon si scandaleuse... on l'avait vue partout étalant un luxe insensé, se livrant à des prodigalités folles, effrayant le monde qu'elle traversait par ses audaces et ses excentricités...

Tout d'un coup, elle avait disparu.

Une horrible maladie l'avait clouée pendant trois mois sur un lit de douleur et elle n'en était sortie que par miracle, épuisée, amaigrie, défigurée!...

Défigurée surtout.

Pour les femmes de ce genre, c'est le plus épouvantable des châtiments.

La mort serait cent fois préférable...

En quelques semaines, elle était devenue laide, presque repoussante...

L'abandon était venu immédiatement et pour ainsi dire sans transition — hideux abandon qui confine à la misère!

Elle avait roulé dans les bas-fonds, et était allée échouer dans la honte la plus abjecte...

Gontran écouta, la pâleur au front, cette navrante histoire, et fit tout ce qu'il put pour adoucir l'amertume d'une situation à laquelle il n'y avait plus de remède...

A partir de cette rencontre, Adolphe vint régulièrement le trouver, et reçut du jeune gentilhomme des subsides importants.

Mais il est douteux qu'il les transmît à la malheureuse à laquelle ils étaient destinés.

Ce qu'il y a de certain, c'est qu'au bout de plusieurs mois, Gontran reçut une lettre dans laquelle Herminie le prévenait qu'il avait été dupe du misérable, qu'elle n'avait jamais rien voulu recevoir de lui, et qu'elle disparaissait pour qu'il n'entendît plus parler d'elle.

Qu'advint-il dès lors? — Gontran ne le sut jamais.

On croit qu'elle a dû mourir dans quelque salle d'hôpital et qu'elle a été inhumée dans la fosse commune.

C'est l'épilogue banal de presque toutes ces existences déclassées.

A l'heure où nous terminons ce récit, Gontran habite le château de Graçay-Chambrun.

Il ne vient plus que rarement à Paris.

Le général est mort peu après la guerre. Martial, quoique bien vieilli, continue de faire sa ronde matinale, le fusil sur l'épaule, les jambes chaussées de cuir jaune.

Quant à Réjane... elle est aussi heureuse qu'une créature humaine peut l'être en ce monde !

Toute sa vie se résume en son époux qu'elle aime comme au premier jour, et en deux beaux enfants qui croissent en force et en intelligence.

Le dimanche, quand elle s'agenouille pieuse et recueillie dans la pauvre église du bourg, elle ne demande à Dieu qu'une chose : et c'est la continuation de son double bonheur de mère et d'épouse.

FIN.

RISETTE

RISETTE

I

Elle avait dix-huit ans, la candeur sur le front, l'étincelle dans les yeux, de belles couleurs aux joues; ses cheveux, noir d'ébène, encadraient harmonieusement son joli visage, tout en elle éclatait de grâces adolescentes et de virginité.

Elle avait dix-huit ans — c'était un beau brin de fille — on l'appelait *Risette*.

Je ne l'ai vue qu'une fois; je me la rappelle encore, je ne l'oublierai jamais.

Risette!...

Elle était venue au monde on ne sait où, sans savoir comment. Elle n'avait jamais connu ni son père ni sa mère : une vieille femme avait pris soin d'elle jusqu'au moment où elle entra dans sa quinzième année. Elle était déjà jolie comme un ange, et Dieu sait qu'elle aurait pu, comme tant d'autres,

porter des robes de soie qui ne coûtent rien. Elle
trouva que c'était trop cher. Elle avait reçu les
sévères leçons de la misère, et elle voulait vivre en
honnête fille. Elle se leva donc de meilleure heure,
se coucha plus tard et finit par se suffire à elle-
même.

D'ailleurs, en se voyant si fraîche, si charmante
sous son petit bonnet de tulle et sous sa robe d'in-
dienne à quinze sous le mètre, Risette pensait souvent qu'elle n'aurait pu que perdre au change. A
quoi bon emprisonner cette taille élégante et souple
sous un lourd cachemire des Indes! Pourquoi dissimuler cet œil mutin et ce minois fripon sous un
voile de point d'Angleterre? Risette se trouvait bien
telle qu'elle était, et elle avait raison. Grâce à l'ordre
et à l'économie qui présidaient à toutes les dépenses
de son petit ménage, elle n'avait jamais souffert
d'aucune privation : elle s'était développée en toute
liberté, et les soucis et les chagrins n'avaient jamais
imprimé la moindre ride sur son front.

Dix-huit ans!... l'âge où le cœur commence à
battre, où l'âme s'éveille en tressaillant sous les premiers baisers de la vie... — Risette était heureuse,
— elle se couchait chaque soir sur un petit lit de
noyer, où les plus doux rêves venaient bercer son
sommeil; elle se levait chaque matin, éblouie par les
rayons du soleil, qui souriaient à ses rideaux de
serge; — elle s'endormait en priant, elle s'éveillait
en chantant.

Tous les voisins la connaissaient; elle était adorée
dans son quartier, et, chose inouïe, son portier n'a-

vait jamais tenu le moindre propos inconsidéré sur son compte.

Et cependant Risette avait deux amoureux! — C'est trop d'un, dira-t-on. Honni soit qui mal y pense! — Elle aurait pu en avoir cent, si elle avait voulu. Deux lui suffirent; Risette se contentait de peu.

A vrai dire, elle avait bien choisi, comme c'était son droit.

De ces deux amoureux, l'un était un beau jeune homme, un peu commis de nouveautés, mais grand, bien pris dans sa taille, les joues sans favoris, les lèvres ornées d'une moustache noire, aux courbes fines et gracieuses, un joli garçon enfin : physiono- mie délicate et intelligente, les pieds chaussés de vernis, le lorgnon flottant sur sa poitrine, portant au besoin la rédingote longue et les cheveux séparés jusqu'à la nuque. Il s'appelait Octave de son petit nom.

Risette ne lui avait parlé que deux fois, mais elle le trouvait charmant. Elle le rencontrait souvent dans la rue et lisait fort bien dans son regard tout ce qu'il y avait d'amour dans son cœur; mais instinc- tivement, elle avait peur de ce sentiment inconnu qui, à de certains moments, s'emparait d'elle avec tant d'autorité, et elle fermait les yeux pour ne rien voir, et elle faisait taire son cœur pour ne point entendre.

L'autre amoureux différait essentiellement du pre- mier.

C'était un ouvrier, presque un artiste. Il avait vingt-cinq ans à peine; mais depuis l'âge de quinze

17.

ans, il n'avait cessé de travailler, et s'était ainsi créé,
à force de persévérance, une position indépendante,
qu'il ne devait qu'à sa volonté et à son intelligence.
C'était un beau garçon, au front développé, à l'œil
vif, aux épaules robustes. La vigueur qui éclatait
sur sa physionomie n'en excluait cependant pas la
grâce, et sous la veste qu'il portait d'habitude, on
devinait aisément un naturel d'élite. Il s'appelait
Marcel.

Marcel était une vieille connaissance pour Risette; elle le rencontrait souvent ou sur son chemin,
ou dans les ateliers qu'elle fréquentait; elle lui
avait parlé plusieurs fois, et elle avait pris un certain plaisir à l'écouter. Marcel avait le regard péné-
trant, la voix douce et un cœur d'or : il était difficile
de l'approcher sans éprouver pour lui une sympathie très-vive.

Risette l'aimait de cette affection qui tient le milieu entre l'amitié d'une sœur et l'amour d'une
jeune fille; elle comprenait vaguement qu'une
femme pourrait vivre heureuse, abritée sous l'amour
de cet homme; mais elle n'aurait pu expliquer
pourquoi cette conviction avait pénétré si profondément dans son cœur.

Et puis, il faut tout dire, Risette ne songeait pas à
l'amour, encore moins au mariage; elle était heureuse entre les murs étroits et proprets de sa petite
chambrette; elle avait de jolies fleurs bleues, l'été,
sur sa fenêtre; un bon feu, l'hiver, dans sa cheminée. Le travail ne lui avait jamais manqué : elle
était bien vêtue, passablement nourrie; le passé

sans remords, le présent sans inquiétude, l'avenir sans appréhensions; que lui fallait-il de plus? La jolie fille pouvait se dire, après tout, que le jour où l'amour lui tiendrait bien au cœur, ce ne serait certes pas les amoureux qui manqueraient!

II

Cependant, bien que la jolie grisette eût jusqu'a-
lors vécu au grand jour, et sans avoir jamais cherché
à dissimuler la plus insignifiante de ses actions, il y
avait un secret dans son existence, — un gros secret
entre elle et Dieu !

L'assiduité de Risette était passée depuis longtemps en proverbe dans l'atelier où elle travaillait
d'habitude ; on la citait à tout propos, non-seulement
comme un exemple de vertu, mais encore comme
un modèle d'exactitude et de régularité. Depuis trois
années, on aurait vainement cherché à constater
une lacune dans son labeur de la semaine. Les jours
ouvrables, on était toujours certain de la trouver à
l'atelier, riant, chantant, causant comme toutes ses
compagnes, et travaillant plus qu'elles toutes.

Seulement, le dimanche matin, elle disparaissait
tout à coup, et jusqu'au soir, il n'était plus question

d'elle. Sa mansarde était muette, les fenêtres en étaient bien closes, et pendant toute la journée, on n'y donnait aucun signe de vie.

Où donc allait-elle? Que faisait-elle de ses dimanches? Pourquoi ce mystère dans une existence si limpide et d'ordinaire si transparente?

On chercha longtemps : on crut à une intrigue ; on espéra découvrir un vice. Mais la pureté de Risette déflait toutes les investigations, et le soupçon glissa sur elle comme sur une glace polie.

Un dimanche du mois du mai de l'année dernière, Risette quitta sa mansarde vers dix heures du matin et s'achemina, seule, à pas pressés, un petit paquet sous son bras, vers l'embarcadère du chemin de fer de Versailles, rive droite.

Risette avait passé presque toute la nuit sans dormir...

La veille, comme elle sortait de son atelier, elle avait été arrêtée, au détour de la rue, par Octave.

Elle voulut d'abord presser le pas pour l'éviter, mais le jeune homme marchait plus vite qu'elle, et il l'eut bientôt rejointe.

— Risette, dit-il d'une voix profondément émue, écoutez-moi, je vous en supplie...

— Que me voulez-vous? fit Risette en ralentissant sa marche.

— Je vous aime.

— Monsieur...

— Oh! ne craignez rien, je vous aime d'un amour pur comme vous-même, et je n'ai d'autre ambition que d'unir ma vie à la vôtre. Il y a longtemps déjà

que je berce ce rêve, et votre réponse fera de moi
le plus heureux ou le plus désespéré des hommes.

Risette se tut un moment : Octave attendit.

— Vous ne répondez pas, dit enfin le jeune homme
avec l'accent de la passion la plus vraie.

— Que voulez-vous que je réponde! fit Risette.

— Vous ne m'aimez donc pas, alors?

— Je ne sais.

Octave réprima un mouvement de dépit.

— Vous ne savez, poursuivit-il chaleureusement ;
eh bien, moi, Risette, moi, du jour où je vous ai
vue, du jour où votre regard a rencontré le mien,
je vous ai aimée... Votre image s'est gravée profondément dans mon cœur : et aujourd'hui, je le sens,
s'il me fallait renoncer à vous, je serais bien seul au
monde, et la vie me serait bien amère.

Risette était au moins aussi troublée que son interlocuteur, et elle ne savait à quel parti s'arrêter.
Elle leva les yeux vers le jeune homme, et sembla
vouloir deviner le fond de sa pensée.

— Votre démarche atteste votre amour, répondit-
elle alors, mais j'étais loin de m'y attendre, et je ne
puis y répondre tout de suite sans réflexion. Moi,
monsieur Octave, je n'ai ni père ni mère, j'ai peu
d'amis, je n'ai pas de conseils, j'ai vécu seule jusqu'à ce jour, je ne connais personne au monde ;
cette réponse que vous me demandez, c'est ma vie
tout entière, et l'on ne se décide pas ainsi en une
heure, ni en un jour... Je ne dis pas non, je ne dis
pas oui non plus ; je veux consulter ma raison, mon
cœur aussi, et je vous le promets, j'agirai selon

qu'ils auront résolu, si tant est qu'ils puissent arriver à se mettre d'accord. Vous ne vous fâcherez donc pas de ce délai que je demande ; vous comprendrez les motifs qni me font agir ainsi, et vous attendrez... Et maintenant, monsieur Octave, laissez-moi, j'ai l'habitude de rentrer sans être accompagnée, et je m'en trouve bien : dans quelques jours je vous reverrai, et quel que soit le résultat de mes réflexions, j'espère que vous me garderez l'amitié que vous me témoignez, et dont je suis fière.

En disant ces mots, Risette salua vivement Octave, et disparut rapidement, le laissant un peu interdit de l'effet négatif qu'avait produit sa démarche.

Cinq minutes après, Risette rentrait chez elle, mais elle n'était pas au bout de ses étonnements, car au moment où elle allait s'engager dans l'escalier qui menait à sa mansarde, elle s'entendit appeler par une voix bien connue, celle de son portier ; il accourait lui remettre un petit billet qu'on avait apporté dans la journée.

Risette décacheta vivement le billet : il était signé Marcel.

Marcel n'avait pas osé parler, il écrivait.

Risette lut sa lettre avec attendrissement ; Marcel reproduisait dans d'autres termes la demande déjà faite par Octave. Il savait bien, disait-il, que sa démarche était insensée, que Risette ne pouvait pas l'aimer, qu'elle ne pensait pas même à lui, etc... ; mais il était trop malheureux de l'incertitude que ses illusions entretenaient dans son esprit, et il voulait à tout prix sortir de cette situation ; il était

décidé à tout, à partir, à se faire soldat, plutôt que
de rester à Paris, si Risette devait appartenir à un
autre...

Quand Risette s'éloigna, le matin venu, elle avait
la lettre de Marcel dans sa poche, et le souvenir des
paroles d'Octave dans la tête. Elle était encore plus
indécise que la veille ; elle était pâle, soucieuse,
préoccupée.

Le bonheur, c'est chose grave, a dit un poète de
notre temps. Risette l'apprenait pour la première
fois aux dépens de sa gaîté et de son insouciance.

Elle prit le convoi de Versailles et partit. — A
Ville-d'Avray, elle s'arrêta.

C'est là qu'elle venait tous les dimanches.

III

La journée était superbe; le ciel étendait au-dessus de sa tête son éclatante tenture bleue, frangée
de nuages blancs; le soleil sortait étincelant des
hauteurs voisines, et le souffle frais du matin cour-
bait les arbres en fleurs et semait sur la route étroite
les gouttes de rosée que le matin venait d'y verser.

Ce spectacle parut réjouir le cœur de Risette, et
ramena pour un moment la sérénité sur son front
pâli. Elle s'approcha des haies fleuries qui bordaient
les sentiers, et en arracha une branche d'aubépines
roses, puis elle reprit son chemin et se mit à presser le pas.

Elle était si préoccupée, qu'elle avait abandonné
la station, sans même regarder si elle était suivie.
Les plus graves événements tiennent souvent aux
plus petites causes. Si en effet Risette avait seulement tourné les yeux au moment de s'éloigner, elle

n'eût pas manqué de reconnaître Octave et Marcel, qui étaient descendus presque en même temps qu'elle : les reconnaissant, elle les eût accostés; il s'en serait suivi une explication, et elle leur eût enjoint de s'éloigner, ce que les deux amoureux auraient certainement fait. Mais Risette ne s'était pas retournée et rien de tout cela n'eût lieu.

Les deux jeunes gens, qui ne s'étaient jamais vus, descendirent le même sentier, sans se douter qu'ils avaient le même but, et cheminèrent pendant une demi-heure, l'un devant l'autre, également inquiets et troublés tous les deux, marchant à l'aventure ici et là, et cherchant une route qu'on leur avait, sans doute, mal indiquée. Toutefois, à mesure qu'ils approchaient du terme de leur course, un même soupçon grandissait dans leur esprit.

Marcel pensa que cet élégant jeune homme qui le précédait était, sans doute, ce qui attirait tous les dimanches Risette à Ville - d'Avray, tandis qu'Octave crut de son côté, que cet ouvrier qui le suivait était peut-être le secret que la grisette cachait avec tant de soin.

Puis, comme ils se crurent joués l'un et l'autre, la même idée leur vint à tous deux; et ayant avisé une ferme située à quelque distance, au milieu d'un bouquet d'arbres fruitiers, ils pressèrent le pas et arrivèrent presque en même temps sur le seuil de la porte.

Octave le premier : Marcel à quelques pas derrière.

Un spectacle singulier frappa leurs regards. —

Risette était là, assise, près de la fenêtre ouverte, berçant sur ses genoux un bel enfant demi-nu qui lui tendait, en souriant, ses deux bras ronds et potelés. — Autour du cadre en bois de la fenêtre grimpaient follement quelques plantes vivaces, et les rayons du soleil, filtrant à travers le voile mobile des feuilles vertes, formait comme un nimbe d'or autour des deux têtes charmantes de la jeune fille et de l'enfant. Ce tableau se présentait enveloppé d'une atmosphère de paix et de calme, dont on se sentait pénétré malgré soi; l'air était chargé de senteurs embaumées que la brise apportait de la vallée en fleurs, les scarabées aux corsets de feu bourdonnaient autour des volubilis bleus et des capucines jaunes, et les oiseaux tapageurs troublaient seuls, de leur babil criard, l'harmonie céleste dont toute chose semblait imprégnée.

Risette avait vu venir ses deux amoureux, et elle n'avait pas bougé.

Seulement quand elle aperçut Octave debout sur le seuil de la porte, et qu'elle entrevit derrière, la figure triste et décontenancée de Marcel, elle releva le front et salua en essayant un sourire contraint.

Octave fit quelques pas.

— Pardon, Risette, balbutia-t-il en cherchant à rappeler son assurance; je ne voudrais pas être importun.

— Mais vous ne l'êtes pas, non plus que Marcel, reprit Risette.

— J'espérais vous trouver seule, insista Octave.

— Eh bien ! qui vous gêne ?

— Cet enfant.

Risette fit entendre un joyeux éclat de rire.

— Oh ! quant à cet enfant, dit-elle, voyez, il a à peine dix-huit mois : il est beau, n'est-ce pas ! et vif, et intelligent : on peut dire tout ce que l'on veut devant lui, monsieur Octave, il n'y a pas de danger qu'il trahisse sa mère, celui-là.

Et, en parlant ainsi, une imperceptible rougeur colora les joues de Risette.

— Sa mère, fit Octave en pâlissant.

— Sans doute.

— Cet enfant est à vous?

— Et à qui donc ?

— Vous vous calomniez !

— Pourquoi ?

— O Risette ! Risette !... est-il possible que vous m'ayez trompé à ce point ?

Risette ne répondit pas, mais elle prit l'enfant dans ses bras, et le baisa longuement sur les yeux, tandis qu'Octave se laissait tomber éperdu sur un siége.

Le secret de Risette était connu : elle venait de l'avouer ; cet enfant, qu'elle baignait de caresses, était bien à elle.

L'amour d'Octave se glaça.

Quelques minutes de silence suivirent l'aveu de la jeune fille ; puis Octave fit un effort sur lui-même et se leva.

Marcel avait disparu.

— Risette, dit Octave d'une voix que l'émotion brisait, ce que vous m'ayez dit tout à l'heure n'était pas vrai, n'est-ce pas? Vous avez voulu m'effrayer un moment, m'éprouver peut-être... Mais rien de tout cela n'est réel, et vous êtes bien toujours la pure jeune fille que j'ai connue et que j'aime.

Risette remua tristement la tête.

— Voulez-vous donc, répondit-elle, m'obliger à faire deux fois un aveu qui m'est si pénible ?

— Ainsi, cet enfant est bien le vôtre ?

— Sans doute.

— Et c'est pour lui que vous venez tous les dimanches à Ville-d'Avray ?

— N'est-ce pas naturel?...

— Pauvre mère ! murmura le jeune homme.

Risette releva le front avec orgueil.

— Oh ! que Dieu me le conserve, répondit-elle vivement, et je serai largement récompensée de mes peines et de mes tourments.

Octave remua tristement la tête.

— Tenez, dit-il à voix douce et lente, je vous plains bien sincèrement.

— Et pourquoi donc ?

— Cet enfant, qui a été votre honte, va devenir votre malheur...

— Comment cela ?

— Vous avez été mère, Risette; vous ne serez jamais épouse...

Risette tressaillit à ces mots inattendus ; une pâleur mortelle se répandit sur ses traits, et son front se pencha languissamment.

Elle resta longtemps dans cette attitude, accablée et pensive, et un monde de sensations nouvelles

passa sur son cœur. Elle ne s'était jamais sentie si
malheureuse ; un profond déchirement s'opérait en
elle : tous les liens qui l'attachaient à la vie semblaient se briser l'un après l'autre.

Quelques larmes tombèrent de ses yeux.

Une amertume sans nom emplissait sa pensée ; un
malaise indéfinissable s'empara d'elle : elle eut besoin de toute sa force pour ne point éclater en sanglots.

Chose étrange cependant, et que l'on chercherait
vainement à expliquer.

A ce moment, où la pauvre enfant rompait ainsi
violemment avec le passé, à ce moment où les larmes remplissaient ses yeux et voilaient ses regards,
ce n'était point vers Octave que s'envolaient ses regrets, ce n'était point à cette union, devenue impossible, que s'adressaient ses larmes et ses sanglots.
Jusqu'alors, Risette n'avait rien compris de ce qui
se passait dans son propre cœur ; l'abandon d'Octave
avait pu seul l'éclairer ; ce n'est pas lui qu'elle aimait.

Aussi, quand, après avoir longtemps rêvé, elle releva enfin le front, et s'aperçut qu'elle était seule et
que Marcel n'était pas revenu, une immense inquiétude grandit en elle, et son regard troublé plongea
vivement dans le verger.

Mais le verger était désert... le chien de la ferme
dormait, étendu sous les rayons ardents d'un soleil
de midi : tout, alentour, était calme et silencieux.

Risette sentit son trouble augmenter et un frisson
passa sous ses cheveux.

Marcel était parti?

Il avait cru, lui aussi, à sa faute ; il avait entendu le fatal aveu tomber de ses lèvres, et il s'était enfui sans en entendre davantage.

Il n'avait pas voulu adresser des reproches à Risette ; à quoi bon?... la faute commise creusait un abîme infranchissable entre eux. Il ne l'aimait plus... Qui sait, il la méprisait peut-être maintenant.

Cette pensée était trop douloureuse, Risette n'y put tenir plus longtemps ; elle appela la maîtresse de la ferme, lui remit l'enfant dans les bras, et courut au dehors. Elle avait la tête en feu, ses oreilles bourdonnaient, son cœur battait avec précipitation.

Au détour d'une allée, elle aperçut Marcel asssis à quelque distance, sur un banc de gazon, le front caché dans les mains. Elle s'arrêta.

IV

Cependant, au bruit de ses pas sur le sable, Marcel avait relevé la tête, il ne s'attendait point à la voir ; en la reconnaissant, il poussa un cri et courut à elle.

— Vous ! dit-il avec un fol élan, vous, ici...

— Puisque vous ne venez pas vers moi, répondit la jeune fille, il faut bien que je vienne vers vous.

Marcel la regardait fixement comme pour s'assurer qu'elle ne le trompait pas.

— Mais votre enfant ?... demanda-t-il d'une voix tremblante.

Risette ferma les yeux et rougit.

— Ah ! pardon, mademoiselle, reprit Marcel presque aussitôt, pardon, je ne veux ni vous faire honte ni vous faire peur, et la preuve, c'est que je n'attendais que le départ de M. Octave pour aller vous trouver et causer avec vous.

Le visage de Risette resplendit et un frais sourire revint égayer ses lèvres.

— Eh bien ! dit-elle aussitôt, nous sommes seuls, Marcel, nous pouvons causer ; me voici prête à vous écouter : que voulez-vous me dire?

Marcel parut réfléchir un moment, puis il reprit bientôt d'une voix lente et grave :

— Quoique je n'aie entendu que quelques mots de votre entretien avec M. Octave, dit-il, je sais tout ce que j'ai à apprendre... Il y a dans votre passé un secret que je ne veux point approfondir : il ne m'appartient pas de vous en demander plus que vous n'en voulez dire ; je vous aime assez et je vous respecte trop pour cela ; je veux bien croire à un malheur, je ne croirai jamais à une faute. — Et puis, vous avez été malheureuse, et c'est un titre de plus à la sympathie de ceux qui vous aiment. Écoutez-moi donc, Risette, et répondez-moi avec franchise comme une sœur répondrait à un frère : Le père de cet enfant que je voyais tout à l'heure dans vos bras, où est-il, à cette heure?

— Il est mort, répliqua Risette.

— Et c'est vous seule qui en prenez soin ?

— Moi seule...

— Cependant, votre travail doit suffire à peine ?

— Oh ! les privations que je me suis imposées ont été la source de mes plus douces joies.

— Et puis, vous l'aimez tant, n'est-ce pas ?

— Comme sa mère...

— Ça se conçoit...

II   18

Risette eut un sourire singulier. Marcel devint soucieux.

— Cependant, poursuivit-il, ce que vous faites-là n'est guère raisonnable. A votre âge, Risette, on ne pense pas qu'on doive jamais mourir; mais on peut tomber malade, cependant; on peut rester de longs jours, de longs mois sans travailler; je connais cela; la misère c'est quelque chose d'affreux, à Paris surtout... Vous avez seize ans, une belle santé, une gaieté sereine; tout est pour le mieux. Mais que deviendrait ce pauvre cher enfant, le jour où vous tomberiez malade? vous n'y avez peut-être jamais songé!

— Jamais...

— Cela peut arriver, cependant.

— C'est vrai.

— Eh bien... pardonnez-moi, mais, depuis une heure, cette pensée ne m'est pas sortie de l'esprit.

— Bon, Marcel !

— Et je me disais qu'il fallait à tout prix vous prémunir contre le danger d'un pareil avenir.

— Mais quel moyen?...

— Un mariage.

— Me marier, moi? fit Risette.

Et, en disant cela, elle remua la tête d'un air ironique.

— Savez-vous qu'il faudrait bien du dévouement pour devenir mon mari, répondit-elle.

— Je comprends vos appréhensions, répliqua Marcel en souriant, et après quelque hésitation, mais le

secret pour sortir d'une pareille situation est tout
entier dans le choix que vous ferez.

— C'est difficile.

— Pas autant que vous pensez.

— Qui voudrait de moi, maintenant?

— L'homme qui vous aimerait.

— Et qui m'aimerait assez pour accepter une pareille mission?

— Moi, Risette.

— Vous?

Risette croisa ses deux bras sur son cœur, comme
pour en comprimer les battements, et deux larmes
coulèrent silencieusement le long de ses joues.

— Ainsi, dit-elle à Marcel, vous auriez le courage
de me prendre pour femme?

— Je n'ai jamais fait d'autre rêve.

— Et vous le feriez sans regret?

— Comme sans crainte.

— Merci, Marcel, je suis heureuse de vous entendre parler ainsi, et ce qui s'est passé aujourd'hui
a fait la lumière dans mon cœur. Et moi aussi,
Marcel, je vous aimais ! Je puis le dire maintenant,
je l'ignorais hier encore ; je le cachais à tous, je me
le cachais à moi-même ; mais je vous aimais, je le
sens bien ; mes inquiétudes, quand je ne vous
voyais pas, ma tristesse quand je vous trouvais soucieux, mon émotion à chaque rencontre, l'isole-
ment qui se faisait autour de moi quand je vous
quittais, tout cela c'était de l'amour ! Oh ! je vous
aimais, et je regrettre presque à cette heure de vous

avoir trompé aujourd'hui, car vous avez dû bien souffrir !

— Que voulez-vous dire ! s'écria Marcel, dont tout l'être se prit à tressaillir sur ces derniers mots.

Risette eut un fin et doux sourire.

— Cela veut dire que vous êtes plus heureux que vous ne le pensez, et que cet enfant n'est pas à moi...

— Est-ce possible ?

— Vous allez peut-être le regretter ?

— O Risette ! Risette !

Marcel saisit les deux mains de la jeune fille et les baisa avec transport.

— C'est une bien triste histoire, reprit Risette ; une histoire d'amour que la mort a cruellement dénouée. Une pauvre fille qui avait mon âge, qui était douce et confiante comme une sainte, et qui s'est un jour laissé séduire. — Une faute qu'elle paya de sa vie. — Oh ! je l'ai pleurée, Marcel... Elle ne connaissait que moi au monde, et je n'avais pas d'autre amie ; j'étais près d'elle quand elle mourut... Elle souffrait depuis longtemps, moins peut-être de la maladie qui la tuait, que de l'idée qu'elle allait laisser seul et sans appui un pauvre être qui n'avait pas demandé à vivre... Je lui promis que je tiendrais lieu de mère à son enfant, et que je travaillerais pour lui, comme elle l'aurait fait elle-même... Voilà mon secret, Marcel ; je ne l'ai dit à personne qu'à vous ; il ne m'appartenait pas d'ailleurs... Et puis, je voulais savoir avant, si mon fils adoptif trouverait un père dans l'époux que je choisirais.

V

Que pouvait répondre Marcel à cette révélation ?
Rien, assurément.

Il était ivre de joie et de bonheur; il prit follement Risette dans ses bras et la tint longtemps étroitement pressée sur son cœur.

Malgré le dévouement dont il avait fait preuve, il n'était pas fâché que la chose tournât de la sorte. Pour rien au monde il n'eût voulu le dire à Risette, mais en réalité, il n'en pensait pas moins. Certes, il eût aimé l'enfant de Risette, puisqu'il l'avait promis, mais au demeurant, il préférait que cet enfant fût à une autre. Tout le monde à sa place eût pensé comme lui.

Un mois après, Marcel et Risette étaient mariés. Il n'y a pas un an de cela; la lune de miel dure encore.

— Toute la semaine, le petit ménage travaille avec la belle ardeur de l'amour; on se lève de bonne heure et l'on se couche tard; depuis le matin, jusqu'au coucher du soleil, c'est une chanson et un rire continuels... Risette est gaie, Marcel est heureux... Le moyen de s'ennuyer après cela?

Seulement, le dimanche tout se tait. La mansarde devient muette, les fenêtres demeurent fermées, il n'y a plus personne au nid, les oiseaux ont pris leur volée, — où s'en vont-ils ainsi?... Qui le sait?

Pour nous, qui n'avons aucun intérêt à l'apprendre, nous croyons devoir nous arrêter ici.

Nous n'avons voulu parler que du dimanche de Risette, celui de madame Marcel ne nous appartient pas.

FIN.

F. Aureau. — Imprimerie de Lagny